ドールの庭

De Tuinen van Dorp

パウル・ビーヘル
野坂悦子［訳］

ハリネズミの本箱
早川書房

ドールの庭

DE TUINEN VAN DORR
by
Paul Biegel

Translated by
Etsuko Nozaka
First published 2005 in Japan by
Hayakawa Publishing, Inc.
This book is published in Japan by
direct arrangement with
Uitgeversmaatschappij Holland.
さし絵：丸山幸子

もくじ

登場人物《とうじょうじんぶつ》

ノモノ／コビトノアイ……お姫《ひめ》さま
ノジャナイ……庭師《にわし》の息子《むすこ》
ヤリック……吟遊詩人《ぎんゆうしじん》
イリ……門番
ヨーヨー……ひとりぼっちのおばあさん
アリャスス……魔法使《まほうつか》い
エイプセ……パーティーにいこうとしている女の人
ムフ……こわがりの男の子
フロップ……塔《とう》に住む年寄《としよ》り
ディルさん……ホテルの主《あるじ》
小人《こびと》……渡《わた》し守《もり》

第一章　失《うしな》われた都《みやこ》

真っ黒な水をわたる方法《ほうほう》は、ただひとつ、小人《こびと》のこぐ葦《あし》の小舟《こぶね》に乗っていくしかありません。

「渡《わた》し代は、おまえの左のほっぺたにキスをひとつだ」小人はにやっと笑《わら》っていいました。

背中《せなか》にこぶのある小人は、まるでおろすことのできない重い袋《ふくろ》をせおっているように、まえかがみのかっこうをしています。

「わかったわ」女の子は静《しず》かに答えました。

小人はくるりと背をむけ、ひょこひょこと岸のほうへ歩いていきます。

「乗れ」

銀のくつをはいた女の子がなかにすわっても、葦を編《あ》んで作った小舟は、ほとんどきしみません。

「うしろにいけ！」小人はどなります。そして長いさおをにぎり、まんなかにとびのって、キュッ、ギシッと音をたてる小舟《こぶね》を、ぐっと押《お》しだしました。どす黒《ぐろ》い水は、月の光さえ映《うつ》しません。水の幅《はば》ははてしなく広く、たとえ昼間にきても、むこう岸が見えないぐらいでした。

小人は深いところにさしたさおを、体がつんのめるぐらいのいきおいで肩《かた》に引きよせ、小舟をこぎはじめました。足を一歩出してはふんばり、一歩、もう一歩と歩いてきます。そんなふうに小舟を押しだしながら、小人は女の子がすわっているところまできました。小人のブーツがひざにふれるの感じ、女の子は思わず顔をそむけました。でも小人はそこでむきを変《か》え、水からさおを引きぬくと、いったんへさきのほうへもどり、もう一度一歩、一歩とまた近づいてくるのです。そのつど、葦《あし》をギシギシときしませながら。

水はいっそう深くなり、小人もさおをさすたびさらに深く体をたおしました。七回こぐと、小人の顔は、すわっている女の子のそばまで近づきました。小人は最後《さいご》に一歩ふみだしながら、思いきり身をかがめてさおに力をかけたので、ざらざらした小人の鼻が女の子のほほにくっつきそうになりました。

「へ、へ、へ」小人は歯をむきだして笑《わら》います。「もうすぐキスだ。まず、この〝淵《ふち》〟を越《こ》えてからな」

女の子は、小人のうるんだ目を見つめました。

「〝淵〟ってのは、深い底でな」そういって、小人は荒《あら》く息を吐《は》きました。「この小舟《こぶね》の真下がそうだ。おまえがここで水に落っこちたら、底につくまで三時間はかかる。このあたりは、さおもとどかないから、使ってもむだなんだ」

小人は水のポタポタとたれるさおを横にたおして、小舟のうえにおきました。「うまくいけば、引きつける流れが連《つ》れていってくれる。そうなりゃ、ひとりでにつくさ」そうしてまた、にやりと笑《わら》ったのです。「おまえ、きれいなくつはいてるな。銀だ。本物の銀か？」

女の子は足もとを見ましたが、べつのことに気がつきました。葦《あし》の小舟に穴《あな》がひとつ開《あ》いていて、そこから水が流れこんでいたのです。

女の子は、「きゃあっ」と悲鳴をあげました。「静《しず》かに！　水はおまえに興味《きょうみ》があるだけさ。おまえの右足をそこにおけ。銀が、舟の穴をふさいでくれる」

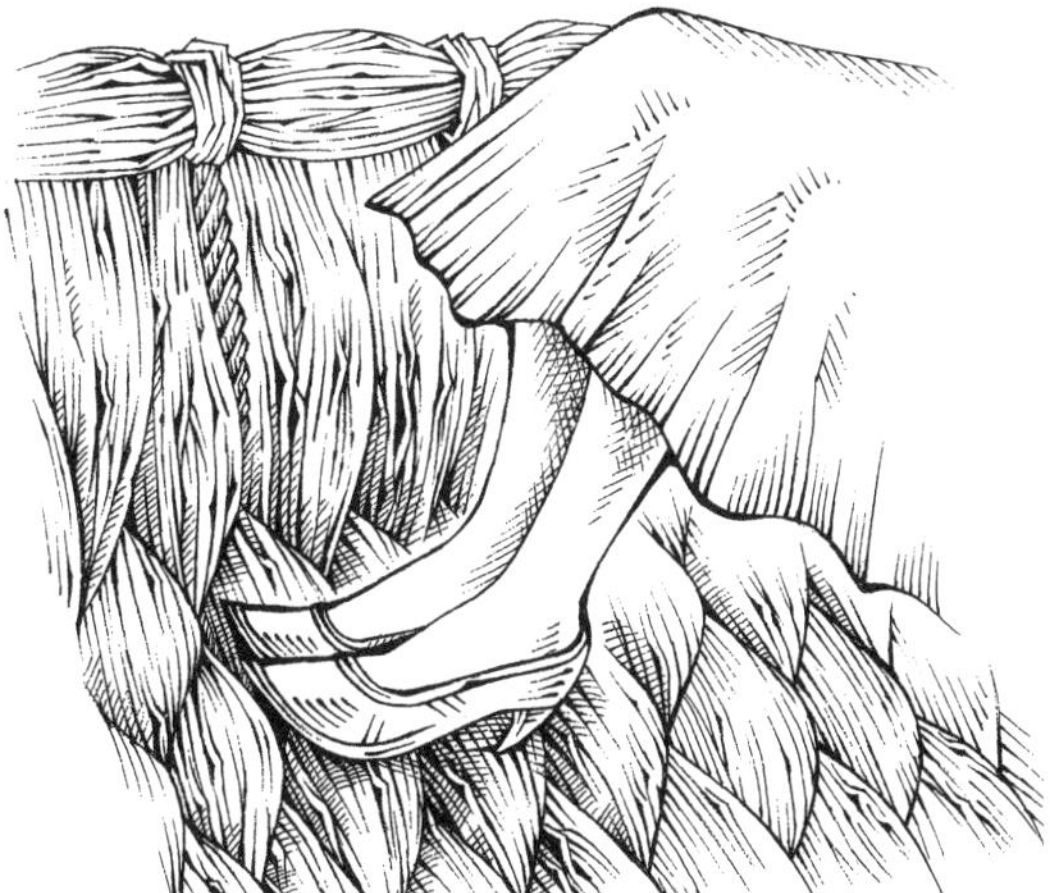

女の子が水のもれる穴《あな》にくつを押《お》しつけると、小舟《こぶね》はそのままゆらゆらと進んでいきました。そうしているうちに、引きつける流れに出合い、小舟はむこう岸のほうへ運ばれはじめます。

「だめだ。方向を変《か》えないと」〝淵《ふち》〟のうえを通りすぎてしまったので、小人はさおをおろしてこぎだしましたが、女の子のほうへ三度目にきたとき、ブーツのかかとが底《そこ》にまたひとつ穴を開《あ》けました。

「おまえの左足でふさげ」と、小人は命令《めいれい》します。

新しい穴をふさぐには、足を開いて立たなければいけません。水は、小舟のなかにどんどん流れこんできます。

小人は鼻歌をうたいだし、ときおりこんな歌詞《かし》もまじりました。

黒い水の　うえを
いったり　きたりしてなあ
そして　そのたんび　水のうえに
もひとつ　ふえていってなあ

「もうそろそろなの？」女の子は、がまんできなくなってききます。

小人はなにも答えません。あいかわらず鼻歌をうたいながら小舟《こぶね》をこぎ、ゆっくり一歩ふみだすたびに、葦《あし》がブーツのしたでギシッときしみました。

女の子は遠くを見つめました。でも見えるものといったら、どこまでも広がる黒い水面だけ。そこにはさざ波ひとつなく、明かりひとつ映《うつ》っていないのです。

「気をつけろ。ほれ、そこも水もれだ」小人はそうどなると、顔色ひとつ変《か》えずさおに力をこめました。「穴《あな》に手をおけ！　早く、体をかがめて」

両足を開いて立ったまま、なんとか穴に手がとどきましたが、女の子はとてもみじめなかっこうでしたし、真っ黒な水はちくちくと針《はり》のように手をさしました。しかも小人がくるたび、くさった脂《あぶら》のにおいがするブーツが、肩《かた》をかすっていくのです。

女の子は思いました。

――これじゃ間《ま》に合わないわ。わたしたち、しずんで、おぼれてしまう。そしたら、なにもかもむだになってしまう。

そのとき四つめの穴が開《あ》き、小舟の底《そこ》に、水がどっと流れこんできました。

「ひざでふさいだほうが、うまくいくぞ」小人がいいます。

穴のうえに両足で立っていた女の子は、こんどはひざで最初《さいしょ》のふたつの穴をふさぎ、両手であとふたつの穴をふさぎました。服のそでは水につかり、スカートもずぶぬれになりました。

小人はさおを持ち、行ったり来たりをつづけていました。今では底《そこ》にたまった水のなかを歩かなければならず、ブーツを動かすたび、バシャバシャと水がはねます。そのしずくが、苦《にが》い味のしずくがひとつ、女の子のくちびるにつきました。

それに小人がそばを通るたび、手をふまれたらどうしようと、女の子は心配になりました。でも、手を動かす気にはなれません。動かしたら最後《さいご》、小舟《こぶね》はあっという間《ま》に水でいっぱいになってしまうでしょう。

「歌をひとつ、うたってくれ。そしたら、いい気分で舟がこげる」

そういわれても、女の子はだまったままです。小人は強い口調《くちょう》でいいました。

「そら早く、なにかうたえ。おれはかわいい声が好《す》きなんだ」

女の子は、手もひざも使ってしずみかけた小舟の穴《あな》をふさぎながら、とてもふしぎな歌をうたいはじめました。りんと透《す》きとおった歌声が水のうえにひびき、水はその歌詞《かし》を知りたがっているのか、いっそう静《しず》まりかえって見えました。

日曜日に　あの人を　蒔《ま》き
月曜日に　あの人を　刈《か》り取り
火曜日に　あの人を　脱穀《だっこく》

水曜日に　洗《あら》って
木曜日に　干《ほ》して
金曜日に　あの人を　解《と》きはなつ
土曜日には……

そこで声はとぎれました。小人がブーツのかかとで底《そこ》をふみぬき、大きな穴《あな》から、水が一気に流れこんできたのです。

けれども小舟《こぶね》はしずみませんでした。しずむ直前、ちょうどむこう岸につき、小人はひょいととびおりて、「ついたぞ」といいました。

「で、土曜日には、どうなったんだ?」

女の子も立ちあがって、岸におりました。そして大きな目で小人を見つめると、こう答えました。

「わからないの、その先を知らないの。どんなふうに終わるか、わたしにはわからないのよ」

「妙《みょう》な歌だ。どうもあぶない感じがする。うたうんじゃないぞ、あっちでは」

女の子は、小人をまじまじと見つめました。「わたしてくださって、ありがとう」

「へ、へ、じゃあ、キスをするぞ。おまえの左のほっぺたにな」

女の子は顔を横にむけ、ほほをさしだします。

小人は背《せ》のびをすると、手でその肩《かた》をぐっとつかみました。「おいで、コビトノアイ」と、はあはあしながらいったので、くさい息が顔にかかりました。女の子は小人がキスできるよう、もっと体をかがめなければなりません。小人は、くちびるをそのほほに押《お》しつけ、キスをしました。ちくっと痛《いた》いキスでした。

そのあと、小人はにやにや笑《わら》いを浮《う》かべて、女の子をはなしてやりました。

「よしよし、お嬢《じょう》さんによくお似合《にあ》いだよ」

けれども女の子には、なんのことをいっているのかわかりません。ほほに残《のこ》った黒いキスの跡《あと》が、女の子には見えないのです。

「で、そのペンダントには、なにがついてるんだ？」小人が、ずるそうな目をしてきいたので、女の子は首もとをおさえました。

「あなたとは関係《かんけい》ないわ。さあ、もう帰ってちょうだい」

「秘密《ひみつ》か？　うまく秘密を守るんだな、あっちでは」

小人はそれだけいうと、くるりと背《せ》をむけ、小舟《こぶね》のほうへひょこひょこともどっていきました。葦《あし》や防水《ぼうすい》用のタール、自分のつばも使って穴《あな》をふさぐつもりでした。

女の子もむきを変《か》え、岸《きし》から始まる道を進んでいきます。びしょぬれの銀のくつをはき、ひざにまとわりつくスカートをおさえながら。

目のまえには、おそろしいほど静《しず》まりかえった町が広がっていました。高い壁《かべ》や塔《とう》が、ただ黒々《くろぐろ》とそびえ、明かりひとつ見えません。

あれが失《うしな》われたドールの都《みやこ》、だれもが忘《わす》れてしまった町なのです。

この女の子はだれなのでしょう？　なぜ、あのしんと静まりかえった石の都にいくのでしょう？　そして首にかけた銀のペンダントは、いったいなんなのでしょう？

これは、むかしむかしの話。でも今やっと、その話を語るときがきたようです。

第二章　門番

失《うしな》われたドールの都の入口には、うす暗い門がありました。そこは、何世紀にもわたる時のにおいがします。門のまえにある小屋では、門番が昼も夜も見張《みは》りをしていました。門番は、イリという名の年寄《としよ》り兵《へい》でした。

イリはその晩《ばん》、近づいてくる足音に気がつき、「止まれ！」とさけぶと、女の子のほうにやってきました。「通行証《つうこうしょう》を見せなさい」

女の子はしたをむいて、いいました。「わたし、持ってないんです」

「小人が、こっち岸にわたしてくれたんじゃないのか？」イリはたずねます。

「ええ、それは」と、女の子は小声で答えました。

「じゃあ、見せなさい」兵士《へいし》はそういい、女の子のあごをあげ、横をむかせました。

「こんなに暗くちゃ、うまく読めないな。明かりのほうへおいで」

イリは、女の子を見張《みは》り小屋のなかに入れると、ロウソクを灯《とも》し、左のほほをゆらめく炎《ほのお》で照《て》らしました。

「あのいくじなしめ！」イリはつぶやきます。「名前ではなくて、キスか。小人はあんたのほっぺたに、黒いキスの跡《あと》をつけたんだ。高くついた通行証《つうこうしょう》だよ。あんたには名前がないのか？」

「えっ、ええ、お好《す》きなようによんでください」

年寄《としよ》り兵《へい》は、少女をじっと見つめました。「では、あんたをコビトノアイとよぼう。この都では、コビトノアイという名になるんだ」そういうと、イリは首を横にふりました。「しかしね、あんたはかわいらしすぎて、こんなところにはもったいないよ。いったい、なにをしにきたんだね？」

女の子は答えました。「わたし、ドールの都に、庭をさがしにきたんです」

「なんだと？」イリは口をぽかんと開《あ》けると、いすの背《せ》に深くもたれて笑《わら》いだしました。のどの奥《おく》からこみあげてきた笑いが、外へ外へとあふれだします。イリは大声でいいました。

「庭？　ドールの庭だって？　はっ、はっ、は！　そんなもの、ここにはない。ちっぽけな庭だってないし、植木鉢《うえきばち》もなんにもない！　あんたはこの枯《か》れはてたドールで、なにかが育つと思っているのかね？」

コビトノアイの顔が、さっと青くなりました。

「でも、そう教えてもらったので」

「いったいだれに？」と、年寄《としよ》り兵《へい》はききます。

「ああ、それはもういろんな人に」

イリは、女の子の腕《うで》をにぎりました。

「じゃあ、あんたは遠くからきたんだな？　少しここにいて、わしと話をしてくれ。わしはいつもひとりぼっちなんだ。だが食べ物なら、茶色いパンとチーズがあるぞ。少し食べるか？」

「まあっ、ええ」コビトノアイはうれしそうに答え、いすにすわりました。

パンとチーズを取りにいったイリは、右足にだけブーツをはき、左足ははだしのかっこうでした。

「左足のブーツは？」コビトノアイがきくと、イリは答えました。

「なくしたんだ。最後《さいご》の戦《たたか》いで」

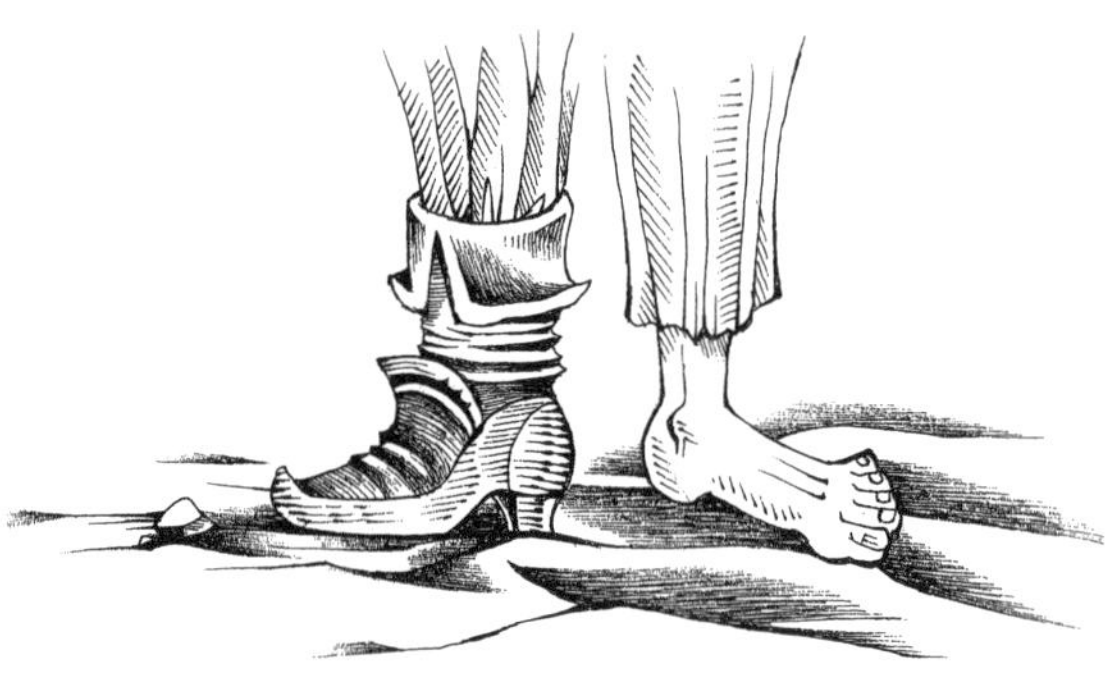

「おじいさんは勇敢《ゆうかん》な兵士《へいし》だったの？」

「ああ、そうとも。わしがどんなに勇敢だったか、聞かせてやろう」

イリはパンをひと口がぶりと食べ、飲みこんでしまうと、こんな話を始めました。

勇敢な兵士イリの物語

わしらは、ふたりで一台、大砲《たいほう》を持っていた。わしら、というのは、わしと相棒《あいぼう》のことだが、ふたりで一頭、馬も持っていた。敵《てき》と戦争《せんそう》をしていたツェム将軍《しょうぐん》の軍隊《ぐんたい》にいたんだ。将軍は、毎朝ぶっきらぼうに、「あっちが悪者《わるもの》だ」といって遠くを指さした。

「やつらは都を乗っ取ろうとしている。攻撃《こうげき》開始！」

敵の軍が、赤いズボンのときもあったし、緑のときも、白のときもあった。でも、わしらにはどうでもよかった。わしらはそっちに大砲をむけて、ドカンドカンと撃《う》てばよかったんだ。

相棒はねらいをつけるのがとてもうまく、わしは弾《たま》をつめて導火線《どうかせん》に火をつける係だった。わしらの大砲は〝ブレンツ〟という名前だったが、ドーン！と実《じつ》にすさまじい音をたてるので、耳を指でふさがなければならなかったし、撃ったあとは、いやあな硝煙《しょうえん》のにおいに、鼻をつまんだもんだ。そして、日《ひ》がな一日、じょうずに命中させたら、夕方には相棒と馬にまたがり、町のほうへでかけていった。町ではワインも飲めたし、ダンスの相手をしてくれるかわい子ちゃんも

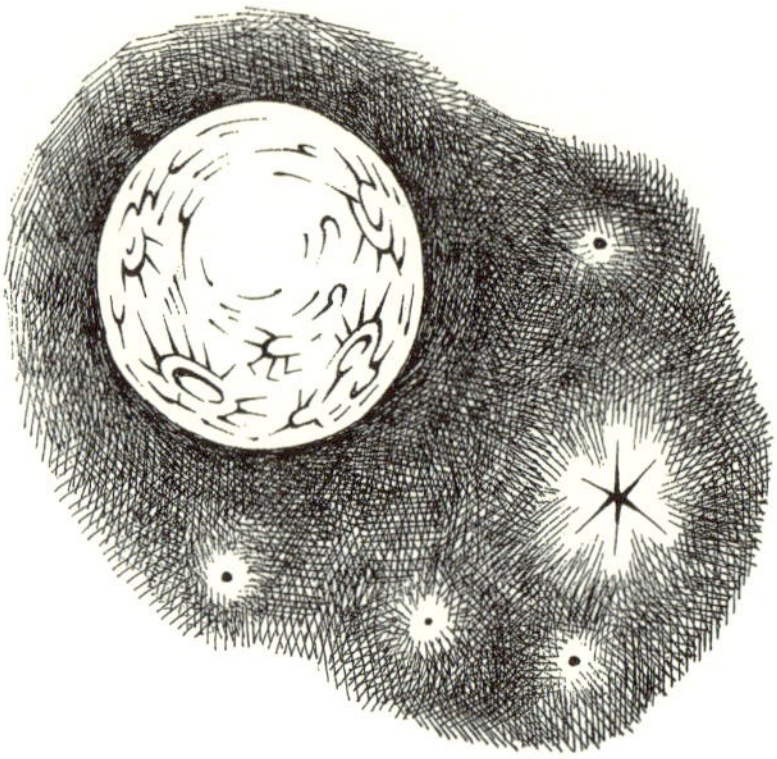

いたからなあ。

わしらは、ひとつのグラスからいっしょにワインを飲み、たおれないように肩《かた》を抱《だ》きあい、娘《むすめ》たちとダンスするときもふたりいっしょ、キスをするときもいっしょだった。女の子の右と左のほっぺたにふたりでキスしたんだ。そうすると、娘たちは笑《わら》いころげながら、「あんたたち、硝煙《しょうえん》のにおいがするわよ」といっていた。

ああ、実《じつ》にいい兵隊《へいたい》時代だったよ。相棒《あいぼう》と馬に乗って帰るときには、相棒が前、わしが後ろにまたがり、月にむかってふたりで歌をうたった。

「おまえ、ワインのにおいがするぞ」と、わしがいうと、やつはふりかえって「だが、明日には、また硝煙のにおいになるんだ」といいかえした。

そうやって日が、月が、年がとぶようにすぎていった。新しい敵《てき》は次々と遠くからあらわれ、黒い軍服《ぐんぷく》に黒いかぶとをかぶった敵もいた。

ところがある朝、ツェム将軍《しょうぐん》が怒《いか》りに目をぎらつかせてやってくると、わしらにむかってさけんだ。

「大砲《たいほう》も弾《たま》もぜんぶ持って、ついてこい」丘《おか》を越《こ》えてひっぱっていくんだ、敵《てき》が反対側《はんたいがわ》から攻《せ》めてきた」わしらは馬に大砲をつなぐと、丘を越え、町の外へと運んでいった。そこへ銀の服を着たおそろしい敵が、ザッ、ザッ、ザッ、ザッと行進してきて、わしらはすぐに大砲を撃《う》ちはじめた。相棒《あいぼう》がねらいをさだめ、おれが火をつけ、弾《たま》は次から次へとすさまじい音をたてながら、敵のほうへ飛《と》んでいった。だが、やつらは、ザッ、ザッ、ザッ、ザッと近づくばかりなんだ。

「やれっ！」将軍がどなったので、わしは弾を二発いっぺんにつめ、火薬も二倍使ってみた。相棒も二つの目を使ってねらいをさだめたが、銀の軍服《ぐんぷく》の敵は歩きつづけ、わしらのほうにだんだん近づいてくる。

「攻撃《こうげき》！」と、将軍《しょうぐん》はどなった。「攻撃！」「攻撃！」と、どなって――敵の弾があたり、将軍は死んでしまった。こっちの軍隊《ぐんたい》は大混乱《だいこんらん》だ。もはや命令《めいれい》がこなくなり、だれも代わりの将軍になりたがらず、兵隊《へいたい》たちは逃《に》げだしはじめた。

だが、相棒とわしは撃ちつづけた。もう指で耳をふさがなかったし、鼻もつままなかった。体じゅうから火薬なんかのいやなにおいをぷんぷんさせたまま、かわい子ちゃんたちのことも忘《わす》れ、銀色の敵を追いはらおうと、ねらいをさだめては撃ちまくった。

そうして、わしは最後《さいご》の砲弾《ほうだん》を抱《だ》きしめ、相棒《あいぼう》にむかってさけんだ。

「いっしょにねらいをさだめようぜ。おまえが前で、おれが後ろだ」

ほっぺたを砲身《ほうしん》にくっつけ、目を細めた相棒は、次の瞬間《しゅんかん》、あおむけにひっくりかえった。わしがその体を抱きとめ、やつの頭が、わしの肩《かた》にガツンとあたった。顔をこちらにむけて見つめると、相棒の目はまだ細く開いたままだったが、もうなにも見ていなかった。敵《てき》のことも、わしのことも見ていなかった。将軍《しょうぐん》と同じように、あいつも死んだのだ。

わしは相棒を地面に寝《ね》かせ、「うおーっ」と、大砲《たいほう》の音よりもっと大きなさけび声をあげた。そして、たったひとりで、最後の弾《たま》を銀色の敵にむかって撃《う》ちはなった。弾はそれでなくなってしまったから、わしは自分のブーツをぬぐと大砲に入れ、十三ポンドの火薬もつめて撃ってやった。ドカーンとおそろしい音をたててブーツは宙《ちゅう》を飛《と》び、敵の隊長の胸《むね》にあたった。けれども、その隊長《たいちょう》は声をたてて笑《わら》い、銀色の胸にブーツの足跡《あしあと》を黒々《くろぐろ》とつけたまま、さらに近づいてきたんだ。

わしは相棒を守りたくて、あいつのうえにおおいかぶさり肩を抱きしめたが、敵はわしをむりやり立たせて捕虜《ほりょ》にした。

銀色の帯《おび》で目かくしをされ、愛馬《あいば》に乗せられた。敵はわしを連《つ》れて出発し、馬は背中《せなか》にひとりしかすわっていないので、ふしぎそうにヒヒーンといなないた。わしはむかしと同じように、相《あい》棒《ぼう》にしっかりつかまる姿勢《しせい》でひじをのばして乗り、「ああ、硝煙《しょうえん》のにおいがする」と思うたび、目に涙《なみだ》がにじんだ。

そうやって走りつづけているうちに、年を取ってしまった。馬をおりることが許《ゆる》されて、目かくしがはずされてみると、この都に、ドールの門のまえにいたのだ。敵《てき》は大きな輪《わ》をえがいて、ぐるぐる走っていただけではないか。わしにはそう思えた。というのも、わしらがいた都にそっくりだったから。しかし、町はすっかり変《か》わっていた。あらゆる命が消えうせ、銀の兵隊《へいたい》が占領《せんりょう》していた。

それ以来《いらい》、わしは門番をしている。右足だけブーツをはき、左足ははだしのまま。

話が終わると、勇敢《ゆうかん》な兵士《へいし》だったイリは、だまってしまいました。パンのかたまりを手に取って、厚切《あつぎ》りのチーズをのせ、もぐもぐと食べています。そのときイリは、コビトノアイのくつに気がつき、とつぜんたずねました。

「あんたは、銀の兵隊の味方なのかね？」

コビトノアイは、とびあがるほどおどろきました。

「いいえ、ちがうわ！　わたし、その兵隊のことは、なんにも知らないもの」

年寄《としよ》り兵《へい》は、コビトノアイを鋭《するど》く見つめましたが、ほんとうのことをいっているのだとわかりました。

「だが、あんたはいったい、どこからきたんだ？」

「ああ、遠いむかしからよ。そのころ、わたしにも〝相棒《あいぼう》〟がいてね」

「ほう」

「でも、今はもういないの」

「銀の連中《れんちゅう》が、相棒をつかまえたのか？」

「い、いいえ」と、コビトノアイは、つっかえながら答えます。

イリはまた、がぶっとパンを食べてから、ききました。

「じゃあ、なんで、こんなところにきたんだ？」

コビトノアイは地面を見つめたまま、答えません。

「ここにはないはずの庭を、なぜさがすんだ？」と、イリはつづけてききました。

女の子はなにも答えません。しばらくして顔をあげましたが、その目はイリを見ているのではなく、はるか遠くのなにかを見つめていました。遠くはなれてしまったけれど、今もさがし求《もと》めているものを、見つめていたのでした。

「あんたの相棒は、死んでないんだな？」イリが急にききました。

コビトノアイはびっくりした表《ひょう》情《じょう》を浮《う》かべ、銀のペンダントがかくしてある首もとを、あわておさえました。

「えっ、ええ」そういうと、立ちあがりました。「わたし、先にいかなくちゃ」

「いかないでくれ。まだ引きかえせる。あんたはこんなに若《わか》いのに、いけば身も心も枯《か》れてしまうよ」

「それでも、さがしにいきます」

イリは肩《かた》をすくめました。

「地下室は見つかるだろう。丸天井《まるてんじょう》の部屋《へや》や、牢屋《ろうや》も見つかる。どれも石でできているんだ。だがな、庭はひとつもない。あんたはさまよい、永遠《えいえん》に迷子《まいご》になって、みんなのひとりになるんだ」

「みんなって?」

「ドールの人、失《うしな》われた都の住人だよ。なかで出合うはずだ。ああ、あんたは、こんなにかわいいのに」と、イリはいいました。

でも、コビトノアイはためらいもせず、「さよなら」と、ひとことというと外へ出ました。そして一度もふりかえることなく、都の門をくぐっていきました。

なかに入ったのは、夜明けまであともう少しという時間でしたが、どこからか灰色《はいいろ》の雲が広がりはじめ、ドールの空をおおいつくしました。高い壁《かべ》や塔《とう》は、しだいに黒ずんだ色に変《か》わっていきます。小鳥の声はなく、葉っぱが生えていれば、朝の風にサワサワとそよぐ音が聞こえそうなものですが、この都にはそんなものさえ生えていないのでした。

第三章　ヤリック

小人は新しい葦《あし》やタールやつばで、小舟《こぶね》の穴《あな》をふさぎおえました。そのあと、引きつける流れにさからって深い〝淵《ふち》〟を越《こ》え、黒い水のもとの岸までもどりましたが、岸についたとたん体をこわばらせ、その場に立ちつくしました。遠くの森から、なにかの歌がひびいてきたからです。

ぼくは　愛《あい》する人　愛する人を
もう何年も　追いかけて
足は　つかれてくたくた
自分の名も　忘《わす》れてしまった
でも　あの子の名は　忘れない　忘れない

なぜなら　あの子の名は　この歌に　残《のこ》っているから

弦《げん》をかき鳴らす音も聞こえ、歌声は近づいてきました。

「やっかいごとがやってくる」小人はぶつぶついいました。陸地《りくち》にひょいと足をおろすと、背中《せなか》のこぶより低《ひく》く頭をさげ、やぶに身をひそめました。

歩調《ほちょう》に合わせてポロ、ポロ、ポロロンと奏《かな》でる音が、今でははっきり聞こえてきます。吟遊詩人《ぎんゆう》(注1)がリュート(注2)を肩《かた》からかけて、小人がかくれているやぶへ、まっすぐむかってきました。その男は流れ者のようにも見え、穴《あな》だらけの上着に、わらで縫《ぬ》いつないだズボンをはいています。水ぎわまでくると、むこう岸をじっと見つめ、川にくつの先を入れたあと、ぴょんぴょん何度かとびはねてから、なにか考えこんで立っていました。そしてとつぜんリュートを手に持ち、美しい調べを鳴らして、うたったのです。

カエルが　いっぴき　おりました
ヒクヒク　しゃっくり　してました
しゃっくりガエルが　ひっくりかえり
うんとも　すんとも　いいません

「おい、そこの！　ここじゃ音楽は禁止《きんし》だ！」

小人がいきなりさけび、姿《すがた》をひょこっとあらわしました。

流れ者はふりかえり、そのはずみでリュートが「ポロン！」と鳴りました。

「こんにちは、親切な小人さん。きみは悲しみをすべて、えりのうしろに押《お》しこめてるのかい？

そのせいで、まえかがみになってるんだね。見ればわかるよ」

小人は、シッといいました。「おまえのおしゃべりも禁止だ」

「じゃあ、いっしょに踊《おど》らないか？　ヤリックと踊る者は、うきうきした気分になるんだ」

「とっとといっちまえ！」

「できるものなら、そうしたいけど。ひとっとびで、むこう岸までね」

「泳げばいい」と、小人はいいます。

「ぼくはカエルがこわいんだ」と、ヤリック。

「ここには、カエルなんていないさ」

（注1）中世《ちゅうせい》ヨーロッパで、各地を旅しながら、自分で作った詩を読んだりうたったりしていた詩人。
（注2）弦楽器《げんがっき》のひとつ。卵《たまご》をたてにわったような形の胴《どう》に幅広《はばひろ》の棹《さお》がつく。弦の数や調弦法《ちょうげんほう》は一定しない。中世から十六、七世紀のヨーロッパで広く用《もち》いられた。

「えっ？」

小人は話しだしました。

「生き物なんて、なんにもいない。苦《にが》い苦い水だから。あの水には生《は》えるものも泳ぐものも、はいまわるものも、なんにもいない」

「じゃあ、きみはなぜ、ここに住んでるんだい？」吟遊《ぎんゆう》詩人はふしぎそうにききます。

小人は目を半分閉《と》じました。

「それが、おまえとなんの関係《かんけい》がある？」

「ふうん、きげんを悪くしたんだね。ふきげんな返事ばかりしてるもの。でも、ぼくにも関係あることなんだ。だって、きみにちょっとききたいことがあるから」

「ほう」と、小人はいいます。

「うん、ぼくがきみにききたいのはね。少しまえ、ここにだれかこなかったかっていうこと。女の子、銀のくつをはいた子なんだ」

「知りたいか？」

ヤリックは、にっこりしました。リュートをにぎると、七つの音を同時にかき鳴らし、「そうだあー！」とうたいました。

「だまれ！」と、小人はどなります。

「それで？　女の子はきたか、こないか（ポロロン、ポロンとリュートが鳴ります……）こないか、きたか？　返事をしてよ、さもないと、終わるまで三時間かかる歌を始めるよ」

ヤリックは、もうなにか弾《ひ》きはじめています。

小人は両手を耳に押《お》しあてました。

「そうだあーっ！　やめろ！　そうだ、ここにきた」

ヤリックは腰《こし》にさげたリュートの手をはなすと、小人の上着をぐっとつかんでひっぱりあげ、まるでこぶなどないようにしゃんと立たせました。

「いつだ？　その子はどこへ、どっちのほうにいった？　話せよ、早く話すんだ！」

「おい、落ちつけよ」小人はなだめるようにいいます。

けれどもヤリックは、小人をガクガクとゆすりました。

「教えろ！　ぼくは、あの子を見つけなくちゃいけないんだ。どこへいった？」

小人は、にやにや笑《わら》いを始めました。

「その子が、おまえの歌に出てくるかわい子ちゃんか？」

吟遊詩人《ぎんゆう》は小人をはなすと、地面を見つめました。そして、いつのまにか、リュートを手に取っていました。

もう何年　何年になるだろう
自分の名も　忘《わす》れてしまった
でも　あの子の名は　忘れない　忘れない
いつになっても　おぼえているさ

だまりこんでいた小人は、うるんだ目でヤリックを見つめました。

「お若《わか》いの、遅《おそ》すぎたな。あの子は、もうむこう岸へいったあとだよ」

「むこう岸？　だったらむこうには、いったいなにがあるんだ？」ヤリックはたずねます。

「失《うしな》われたドールの都だ」小人はそう答えました。

「ぼくをそこへ連《つ》れていってくれ。あの子をさがしたいんだ」

小人はずるそうに目を細めました。「んじゃ、お代をもらわないと」

「いくら払《はら》えばいい？」

「いくらってわけじゃない。おれは話がききたいんだ。おまえがうたってたあの話だ。小舟《こぶね》のなかできかせてくれ。つまらなかったら、引きかえす」

ヤリックは大声を出しました。

「ああ！　これは長い話だから、むこう岸にわたるあいだには終わらないよ」

「まあ、そのとき次第《しだい》だ。とにかくなかに入れ！」そういって、小人は葦《あし》の小舟《こぶね》を指さしました。吟遊《ぎんゆう》詩人のヤリックは小舟の底《そこ》にすわり、舟が岸をはなれると話を始めました。リュートは、すぐ横においてあります。それは、七本の弦《げん》がある古いリュートでした。

ノモノとノジャナイのおはなし——はじまり

あるところに庭がありました。お城《しろ》より、もっとずっと大きい庭でした。カシやカバ、クリの木が生えていて、まがった古いモミの木もあり、風が吹《ふ》くとため息をついたりギシギシときしんだりしました。けれども、その庭には花がまったくありませんでした。ただの一輪《りん》も。

庭のまんなかは細長い丘《おか》になっていて、子どもたちは、丘のうしろで遊んだものでした。女の子のほうは王さまの娘《むすめ》、男の子は庭師《にわし》の息子《むすこ》です。ふたりは木にのぼったり、小川で魚つりをしたり、地面にほった秘密《ひみつ》の穴《あな》に、自分たちの名前やおまじないの言葉を書いたりしました。

女の子は花もようのお姫《ひめ》さまらしいドレスを着ていて、そのドレスにかぎ裂《ざ》きや、きたないしみができたことは一度もありません。いっぽう男の子は、庭師らしいギザギザのすそのズボンをはいていて、ズボンには毎日新しいかぎ裂きをこさえ、しみも三重についていました。

お姫さまはこういうのです。

「わたし、あなたと遊ぶのがいちばん好《す》きよ。だって、あなたって、よごれてるし、ぼろを着てるんだもん」

　すると、男の子もこういうのです。

「ぼく、きみと遊ぶのがいちばん好《す》きだ。どうしてなのか、よくわかんないけど」

　そのあとふたりは笑《わら》いころげ、追いかけっこをしたり、「盗賊《とうぞく》とおじいさん」や「眠《ねむ》れる森の美女」ごっこをしたりするのでした。男の子が女の子を起こそうとキスをしても、女の子のほっぺたはきれいなままです。ふたりがなにをしているのか、だれも知りませんでした。ただひとり、シルディスをのぞいては。

　女の子のお母さまにあたる王妃《おうひ》さまは、お城《しろ》にある美しい部屋《へや》で、身のまわりの世話をしてくれる貴婦人《きふじん》たちと一日じゅうすごしていました。けれども、その王妃さまはいつも悲しそうです。なぜかといえば、シルディスがお城に住んでいるからでした。

　シルディスは、魔女《まじょ》です。でも、見た目には魔女とはわからないので、王さまは気づいていませんでした。王さまは、「あいつはやさしい女だよ」といっていて、シルディスの部屋に入り、寄《よ》りそって眠ることもありました。というのも、シルディスは、なんともすてきな銀色のまくらをいくつも持っていたからです。王妃さまにはうすうす魔女だとわかっていましたが、なにもいわず、悲しみにくれるだけでした。お姫《ひめ》さまにもわかっていましたが、こわくてなにもいいだせませんでした。

シルディスには、お姫《ひめ》さまと庭師《にわし》の男の子がどんなふうに遊んでいるのかわかっていました。というのも、シルディスは丘《おか》のむこうまで見とおすことができたからです。そして夜になって、いっしょに銀のまくらにもたれて眠《ねむ》ろうと王さまがくると、シルディスはふたりのことをつげ口しました。

次の朝、王さまは娘《むすめ》に「おまえは、もうあの庭師の子と遊んではいけないよ」といいわたしました。それからというもの、お姫さまはお城《しろ》のなかにこもって、授業《じゅぎょう》を受けることになりました。何週間ものあいだ、読み方や書き方、お行儀《ぎょうぎ》に歴史《れきし》、地理、それに道徳《どうとく》と計算の授業を受けました。お姫さまはなんでもきちんと覚《おぼ》えましたが、花びんのなかのしおれた花のように、元気をなくしていきました。

「このままじゃいけない。毎週、土曜と日曜は、姫が庭に出て、庭師の子と遊んでいいことにしよう」

と、王さまはシルディスにいいました。

そして土曜日。お姫《ひめ》さまは丘のうしろ側《がわ》にいって、朝の六時から男の子を待つつもりでした。ところがいってみると、男の子がもうそこにいたので、ふたりはそろって、ふふっと笑《わら》いだしました。ふたりは、今まで以上《いじょう》によく遊び、最後《さいご》には「眠《ねむ》れる森の美女」ごっこをしましたが、男の子はいつもよりもっと長いキスをして女の子を起こすと、こういいました。

「ああ、きみは、ぼくのものだよ。でもぼくは、きみのものじゃないんだ」

女の子は、「えっ、どういうこと？」と、たずねます。

「うん、大きくなったら、ぼくたちはいっしょにいられないし、結婚《けっこん》もできないんだ。ぼくはきみと結婚したいけど、きみはぼくなんかと結婚できない。だって、女王さまになる人だからね」

「そうなったら、あなたは、わたしのものよ！」女の子は大きな声でいいます。

「ちがう！　ぼくは、きみのものじゃない」

「わたしのものよ！」

「きみのじゃない！」

ふたりは見つめあい、また、ふふっと笑《わら》いだしました。

「こんにちは、ノジャナイさん」お姫《ひめ》さまは、庭師《にわし》の子にそうよびかけます。「わたし、あなたのこと、これからずっとそうよぶわ」

「わかったよ、ぼくのノモノ」と、男の子はいいます。でも、つぶやくようにそういったかと思うと、くるりとうしろをむいてしまいました。

「いっしょに小川にいきましょう」ノモノは元気よくいい、ふたりはオタマジャクシやカブトムシ、それにサンショウウオも二匹《ひき》つかまえました。ノジャナイは、小川にかた足をつっこんでしまったので、ふたりは少し火をたき、くつを木の枝《えだ》にかけて乾《かわ》かそうとしました。

けれどもシルディスはすべてを見ていて、王さまにこういったのです。

「ただじゃおかないわよ。あのふたり、大切な庭をメチャンチョにしてくれて」

「そんな魔女《まじょ》みたいな話し方はやめなさい」と王さまはいいましたが、いったとたん、自分の言葉にはっとして、しばらくぼう然《ぜん》とまえを見つめていました。

王さまは娘《むすめ》をお城《しろ》のなかによびよせ、そのあとお姫《ひめ》さまは、毎日毎日、また勉強しなければなりませんでした。しばらくすると、娘がまたすっかり元気をなくしていることに、王さまは気がつきました。

そこで、今度はべつのことを思いつきました。庭師《にわし》の子をお城によびよせ、ベルベットのズボンと、丈《たけ》の短い上等《じょうとう》なシャツを着せて、お姫さまといっしょに勉強させたのです。

けれども男の子は年号をおぼえられませんし、字を書けば下手《へた》くそ、つづりはまちがえるうえ、地図に青インクのしみを点々とつけたので、ほんとうはないはずの湖が、いくつもできてしまいました。

　ノモノは手助けしようと、なんでも教えてあげましたが、ノジャナイはいすにつまずき、シャツにお茶をこぼし、ベルベットのズボンの脚《あし》にひどいかぎ裂《ざ》きをこしらえてしまいました。

「そら、ごらんなさいよ」魔女《まじょ》はいいます。

「ふうっ」と、王さま。

　王さまと魔女は、夜になると、銀のまくらをおいたベッドのなかで口げんかを始めました。

「あの子の居場所《いばしょ》は庭で」と、魔女が強くいいます。「お姫《ひめ》さまの居場所はお城《しろ》のなかでしょう。なにしろ、絹《きぬ》の服をまとって、女王さまになるんだから。あたくしはそれが望《のぞ》みなんです。だから、あのボケナスと、なかよくしてちゃいけないんです」

「ふう、ふたりは、まだ小さいんだよ」

「小さい、小さいですって？」と、シルディスはさけびました。「小さくたってそのうち大人《おとな》になるわ。そして結婚《けっこん》する。そしたら、お姫さまだってシワンチョになって、トゲトゲアザミみたいにダメンパになるんだから」

「へんな言葉はやめろ！」といって、王さまはため息をつきました。

「もう一度、そういったら、あなたをバケンチョヘンシーンさせますわよ！」

　シルディスは、意地の悪い声でおどしました。その目が暗やみで、ぎらぎらと光っています。

「でも、あたくし、やることはわかっています。これからどうしたらいいか、わかっていますわ、ほっほっ！　あのぼうやを庭に植えてやるの、二度と庭から出てこられないようにね。地面にしっかり植えてやりますわ！　そしたら、あの子のじゃまもヘマもおしまい。そしてあなたはシルディスは、王さまにむかって毒《どく》のある声を出しました。「あなたは花が手に入る。大きなきれいな花がお庭に咲《さ》くのよ。花はお好《す》きでしょう？」

「ふうっ、そんな必要《ひつよう》はない。おぬしも、花をほしがったことなんてないだろ」

「でも、今はほしいんです！」魔女《まじょ》は、きーっとさけびました。「あの一輪《りん》はほしいんです。それも今すぐ！」

シルディスは銀のまくらを床《ゆか》にたたきつけると立ちあがり、ガタンバタンと部屋《へや》を出て、廊下《ろうか》をぬけ階段《かいだん》をくだっていきました。階段をぜんぶおりて、かくれがにしているいちばん深い地下室までいったのです。

その夜遅《おそ》く、突風《とっぷう》が庭を吹《ふ》きすぎていきました。嘆《なげ》き悲しむさけび声のような風に、だれもが目をさましました。

次の朝、庭師《にわし》の男の子は消えていました。どこをさがしても姿《すがた》はなく、着ていた服も見つかりませんでした。けれども庭の大きなカバの木のしたに、ふしぎな花が生えていました。高さは人間の背丈《せたけ》ほどあり、白っぽい色をしていて、ふたつの青いしみがついています。しみは目にそっくりで、人をじっと見つめている感じがするうえ、葉っぱには、ほつれたようなギザギザもいっぱいついていました。花を見たとたん、お姫《ひめ》さまはしくしく泣《な》きはじめ、「ノジャナイ」とささやいた声が王さまに聞こえました。その言葉の意味はわからなかったのですが、わかったこともありました。シルディスは魔女《まじょ》だと、王さまにもはっきりわかったのでした。

小舟《こぶね》は、ガクンとゆれました。むこう岸に舟がぶつかったのです。でも、ヤリックの物語に聞き入《い》っていた小人は、小舟《こぶね》がもうそんなところまできていたとは知りませんでした。

「よし！」吟遊《ぎんゆう》詩人は声をあげ、しなやかにとびおりると、岸のうえに立ちました。

「待て！」小人がさけびます。「物語はまだ終わっちゃいないだろ」

「まだまだ終わらないよ。わたるあいだには終わらないって、いっただろ！」

ヤリックはそういうと、にっこりしました。

小人も岸にひょいとおりると、ヤリックの体をガシッとつかみました。「支払《しはら》いが足りないぞ。おれはもっと知りたいんだ。ふたりは、それからまた会えたのか？」

「知りたがりやだな」と、ヤリックがいいます。

小人はヤリックをもっと強くつかみ、かすれ声できききます。

「いまのは、自分の話だろ。だが、おまえはぜんぜん出てこなかった。それとも、おまえがその庭師《にわし》の男の子なのか？　はっ！　だったら、あの花の話はうまくこしらえたおとぎ話だよ。自分で作り話にしたんだろ。あの女の子は、おまえのことなんか好《す》きじゃなかった。だけど、そんなこと、話したくないもんな！」

「でも、おまえは、ほつれたようなギザギザのズボンをはいてるじゃないか！」小人がさけびます。

ヤリックはほほえみ、首を横にふりました。「庭師の子は音楽などやらないよ」

「いいから、その手をはなしてくれよ。ぼくは自分のことなんか、ぜんぜん話していない。知っているむかし話なんだ。自分の話なんて、なんにもないよ」

「うそをつくな！」小人はどなりました。

「さあ、手をはなしてくれないか？」

吟遊《ぎんゆう》詩人はいって、小人をふりはらおうとしましたが、ふたりでもみあっているうちに、小人の指が、偶然《ぐうぜん》リュートの七本の弦《げん》をつかんでしまいました。ポロンと、調子っぱずれの和音がひびいたとたん、小人はぱっと手をはなしました。

「うせろ！」と、小人はののしります。

ヤリックは小人に背《せ》をむけ、岸から始まる道を、半分かけ足で歩きだしました。

小人はうしろから、あざけるようにどなりました。

「逃《に》げたって追いつくぞ！　通行証《つうこうしょう》がなければ町に入れるもんか。おまえのかわい子ちゃんだって、どうせ見つからないよ！　はっはっ！　おれはあの子にキスしてやった。おいしいキスだったなあ。かわい子ちゃんのほっぺた、ふっくらしてたなあ。おいしくて、かわいくて、ふっくらしたほっぺただった。おれが味見してやったんだ。だが、そのほっぺたには、もう黒い跡《あと》がついてるぞ。はっはっ！　二度と消えない、真っ黒い跡なんだ！」

小人は最後《さいご》の言葉を、怒《いか》りのあまり大声でさけびました。

けれどもヤリックは、どんどん先に進んでいきます。

「それに、あの子を見つけられると思ってるのか、石の都ドールでだよ、はっ！　ためしてみるがいい！　あそこに入った者は、永遠《えいえん》にいなくなる。消えちまう、失《うしな》われちまう。なにしろドールのなかじゃ、枯《か》れていくだけなんだから！」

ヤリックは最後の部分を聞いていたのでしょうか。よくわかりませんが、小人は口を閉《と》じました。葦《あし》の小舟《こぶね》のほうへもどらなければならなかったのです。舟がどこかに流されてしまうまえに。それに小人は、ひからびたドールのほうの岸にいるのがいやで、早く引きかえしたいのでした。人間たちがあの町でなにをしようと、小人には、ほとんどどうでもいいことでした。

第四章　石の町

ドールの石の町は、灰《はい》のように暗くしずんだ色でした。通りはひびわれ、家々の窓《まど》は大きく開いていても、うつろなままでした。

町には門や広場、路地《ろじ》、塔《とう》や丸天井《まるてんじょう》の部屋《へや》がいくつもあり、こわれた壁《かべ》、かびくさい館《やかた》もあれば、どこへ通じているのかわからない、うす暗い入口もありました。木は一本も生えていませんし、葉っぱや雑草《ざっそう》もなく、しめった壁にはコケも生えていないのです。あるのは、石と、はてしなくつづく沈黙《ちんもく》だけでした。

コビトノアイはさまよい歩きました。引きかえす道を、とっくに忘《わす》れてしまったのかもしれません。すると、通りのずっとむこうに、だれかが立っているのが見えました。かけよっていくと、それは石の像《ぞう》で、ぞっとするほど本物そっくりでした。

——ここにはだれも住んでいないんだ。住んでいた人たちは、石になってしまったんだわ。

コビトノアイはそう思い、さらに進んでいきました。

すると、もっと像《ぞう》がたくさんならんでいるところに出ました。おばあさんの像もあれば、ボールを持った男の子の像もあり、道のまんなかには、走っている男の人の像もありました。さけび声をあげているように見えましたが、なんにも聞こえません。石は、音をたてないからです。

コビトノアイは、はっとして、ふりかえりました。人がいるように感じたのです。でも、だれの姿《すがた》も見えません。

角《かど》をひとつ、まがってみました。

――あそこでだれか、歩いてなかった？

コビトノアイは走りだしました。でもむこうで戸の開《あ》くような音がした気がして、いったん引きかえし、また角をまがりました。

――なにかが動いて、カーテンを開けた？　あれは足音じゃない？

コビトノアイは声をあげたくなりました。力いっぱいさけびたかったのに、そうしませんでした。勇気《ゆうき》が出なかったのです。

――あの像《ぞう》はどこ？　あっちの通りのほうだった？　いいえ、べつの通り？

コビトノアイは、自分の勘《かん》ちがいかどうかたしかめるために、また歩きはじめました。でも、道に迷《まよ》ったことがわかり、途方《とほう》にくれて立ちつくしました。そのときとつぜん、だれかがうしろから自分を見つめているんだと、はっきり気がついたのです。コビトノアイは、すばやくうしろをふりかえりました。すると、少し開いたドアのなかに、おばあさんが立っていました。――像《ぞう》なのかしら？　いいえ、生きている人だわ。

おばあさんはコビトノアイを手招《てまね》きし、腕《うで》をつかんで家にひっぱりこむと、バタンとドアを閉《し》めました。

「あんなふうに通りを歩いたらいけないよ。おいで」おばあさんは小声でいいました。

コビトノアイは、おばあさんのあとから廊下《ろうか》を歩いていきます。

「新入《しんい》りさんよ、かわいい新入りさん。こっちにきて、このヨーヨーの足をさすっておくれ。あんたは、まだあったかいだろ」

おばあさんは足をひきずって歩いていきます。まるで足が石になってしまったような歩き方で、よろよろのろのろと進むのです。コビトノアイはおばあさんのあとから部屋《へや》に入りました。部屋はくずれかけた古い建物《たてもの》のにおいがします。窓《まど》にはよろい戸がおろされていて、火のついたロウソクが何本かくすぶっていました。

「さあ、すわって、足をさすっておくれ。あたしのかわいそうな足を」

ヨーヨーはいいます。

そして木のいすに腰《こし》をおろし、自分のそばにコビトノアイがすわれるよう、床《ゆか》

にクッションをおきました。コビトノアイは、ヨーヨーばあさんの足からスリッパをぬがせ、さすりはじめました。足は石のようにかちんこちんでした。

ヨーヨーはうめきました。

「うーん、あたしゃ、ずいぶん長いこと立って立って、立ちつづけていたんだ。ひどく痛《いた》むんだよ、石になったところが」

「どうして、おばあさんはこうなったんですか？」コビトノアイがたずねます。

「ああ、新入りさん、あんたはなにも知らないんだね。ここにきたばかりなんだね。ほっぺたを見りゃわかるよ、小人のお気に入りだって」

「どうして、わたしのほっぺたを見るとわかるんですか？」

ヨーヨーは、声をひそめていいました。

「通行証《つうこうしょう》がついてるんだよ！　小人の真っ黒なキスの跡《あと》がある。あんたは、あいつにこっち岸にわたしてもらって、ドールに初めてきたんだろ。この町のことはなにも知らないんだろ？」

「ええ」と、コビトノアイはうなずきました。「教えてください、どこに……」

「うん、あんたに話すことはたんとある。もし、そのやさしいあったかい手で、足の先がじんじんするまで、なでて、なでて、なでつづけてくれたら話してあげよう。だってね、石には血が通わないんだ」

コビトノアイは、知らないおばあさんのしなびた足を、なでたりこすったり、もんだりさすったりしてやりました。すると、おばあさんはいすの背《せ》にもたれ、ひからびた声でこんな話を始めたのです。

ヨーとヨーヨーの物語

あたしには妹がひとりいた。ヨーという名前のね。そして姉のあたしの名前はヨーヨー、だからふたりあわせてヨーヨーヨー姉妹というわけさ。あたしたちは、おさげの髪《かみ》にひらひらのスカートをはいた陽気な娘《むすめ》だったので、若者《わかもの》たちがおおぜいやってきて、玄関《げんかん》ドアのベルを鳴らしたもんだよ。だって、ここにくれば、みんなおなかをかかえて笑《わら》えたんだよ。このドールの、この家で。そのころ、町はドールオディシアという名前で、馬車や馬がにぎやかにいきかい、踊《おど》っている人や明かりや歌であふれ、子どもたちもおおぜいいた。ああ、なんともいえない町だったよ。通りの両わきに花が咲《さ》き、月が照《て》らせばすべてが青い光に包まれ、そりゃあすてきだった。

そして、あたしたちは、この家で暮《く》らしていたんだ。ヨーとあたしは。ここには、きれいなものがどっさりあった。廊下《ろうか》にはクジャクの羽、部屋《へや》には光に照らされた絵画。そして台所には、お手伝《てつだ》いさんのふきん夫人《ふじん》がいた。夫人は赤いロブスターや黒いムール貝の料理《りょうり》を作り、オレンジをおなかにつめた黄金《こがね》色のヤマウズラを焼《や》いてくれたよ。

若者《わかもの》たちは玄関《げんかん》のベルを鳴らすと、真っ先に台所にとんできて、料理《りょうり》のふたを開けてみる。でも、みんなが体をかがめておいしいにおいのなかに鼻をつっこんでいると、ふきん夫人《ふじん》がフライパンでそのおしりをパンパンッとたたくんだ。若者たちは笑《わら》いころげ、夫人もひっぱりこんで、かまどのまわりで輪《わ》になって踊《おど》りだすのさ。なにしろ、台所のまんなかにかまどがあったからねえ。

いっぽう、この家のこの部屋《へや》で、あたしとヨーは若者たちとワインを飲んだもんだよ。そのうちのひとりがアカユビワだった。アカユビワは、いつもあたしのことをヨーとよび、ヨーのことをヨーヨーとよぶんだ。そういわれると、あたしたちは「名前がさかさまよ！」と声をあげ、アカユビワの頭のなかで、名前がぐるっとまわってさかさまになるように、もっともっとワインを飲ませたんだよ。そうなるとアカユビワは、あたしたちふたりとワルツを踊りだし、ヨーもあたしもめまいがして、だれがだれだか、わからなくなってくる。すると、ふきん夫人がロブスターを部屋に運びこみ、あたしたちは、めまいをしずめるために食べるんだ。アカユビワは赤いロブスターの殻《から》から白い身をつつきだし、おいしいところをまとめて、あたしのところに一皿持ってきてくれた。それからもうひと皿作ると、妹のところに持っていき、そのあとパーティーはおひらきになって、あたしたち姉妹は寝室《しんしつ》へむかう階段《かいだん》をのぼりながら、こういいあったんだ。

「若者たちのなかで、アカユビワがいちばんやさしいわね、ダンスもいちばんうまいしね。じゃあ、おやすみなさい」

ところが、次の朝、それまで見たことないほど大きなかごに入った花がとどき、手紙が一通そえてあった。

「ヨーヨーさんへ。明日、ぼくの花嫁《はなよめ》さんとして迎《むか》えにいきます。アカユビワ」

それを見たとたん、妹がさけんだ。「あたしにくれたんだ！」

あたしもさけんだ。「このあたしにくれたのよ！」

でも妹は、「アカユビワは、いつもあたしたちの名前をさかさまにしてるじゃない。だから、あたしがヨーヨーなのよ」と、いいはった。

妹があたしをにらみ、あたしも妹をにらみつけた。あたしたちはもう姉妹じゃなかった。

「明日、花嫁になるわ」と、妹がどなった。

「明日、あたしが花嫁になるんだから」と、あたしもどなった。

そして、あたしたちはまたいっしょに階段《かいだん》をかけのぼり、それぞれの寝室《しんしつ》に入ったのだけれど、アカユビワの話はそれ以上《いじょう》なにもしなかった。

そして次の朝になり、馬のひづめの音と、馬車の車輪《しゃりん》がガラガラいう音が家のまえの通りにひびき、あたしたち、妹とあたしは、そろって寝室から姿《すがた》をあらわした。あたしたちはまるで、鏡《かがみ》に映《うつ》ったみたいにそっくりだった。だってね、ふたりとも、真っ白な花嫁衣装《いしょう》を身につけていて、頭のスズランの飾《かざ》りまでおそろいだったんだ。

あたしたちはそろって階段《かいだん》をおりたが、家に入ったアカユビワは、石みたいに固《かた》くなって立っていた。あたしのほうを見てから妹を見て、「ヨーヨーヨー」と、ごちゃまぜにしてよんだんだよ。台所のドアが開き、ふきん夫人《ふじん》がフライパンを手にしてあらわれなければ、あたしたちはずっとそこに立っていただろう。夫人がアカユビワの頭にゴイーン！　と一発くらわしたので、アカユビワはさあっと逃《に》げだし、外に出るとドアを閉《し》めた。今度ばかりは、だれも笑《わら》いころげたりはしなかった。それからというもの、この家で笑い声をあげる者は、もういなくなったし、若者《わかもの》たちも二度とこなくなった。

妹とあたしは花嫁衣裳《はなよめいしょう》をぬぐと燃《も》やしてしまい、おたがいに見つめあった。あたしたちは、また姉妹にもどっていたよ。だれも訪《おとず》れなくなったこの家に住み、孤独《こどく》のまま年を取り、枯《か》れていったんだ。町全体が枯れ、花も明かりも、馬車も消えてしまった。歌声も聞こえず、ダンスを踊《おど》ることもなくなり、子どもたちはなにかをこわがるようになった。

でもね、若者たちがどこにいったのか、だれも知らないんだよ。今じゃ妹も死んで、あたしはひとりぼっち。町はあたしのまわりで石になっていく。ときには、あたし自身が石になり、何時間も立っていなくちゃいけないこともある。銀の服を着た敵《てき》のせいだって人はいうけれど、その敵をだれが見たっていうんだい？

おばあさんの足は温かくなり、また動くようになってきました。

§

「足がじんじんするよ。ありがとう」と、ヨーヨーばあさんはいいます。

「じゃあ、あの像《ぞう》はみんな、ほんとの像じゃないんですか？」

コビトノアイがきくと、おばあさんはうなずきました。

「気をつけるがいい、通りを歩くんじゃないよ。あんたもああいう目にあうかもしれないし、いったん像になったら、長いことあのままなんだ」

「だけど、わたしは通りを歩いていかなくちゃいけないの。庭をさがさなくちゃいけないんです、ドールの庭を。まだあるんでしょうか？」

「ああ！」と、ヨーヨーばあさんはさけびました。「ああ、あんたはそのためにやってきたんだね？お嬢《じょう》ちゃん、もう手遅《ておく》れなんだ。庭か、庭はね、ほんとにきれいだった、何時間でも散歩《さんぽ》できた。だが、今はもうないのさ」

「ないって？」

「消えちまったんだよ。若者たちと同じように」ヨーヨーばあさんはいい、まるで最期《さいご》の息のように、ふうっとため息をつきました。

「わたし、それでも庭をさがします」と、コビトノアイがいいます。

「でも、なんで？　あんたは、そこで、なにを見つけたいのかい？」

コビトノアイがなにも答えずに立ちあがると、ヨーヨーばあさんは大声でいいました。

「ここにいておくれ！　あたしをひとりにしないでおくれ。あたしは……あたしはね……あんた、なんか食べていくかい？」

「ええ、喜《よろこ》んで。でも食べたら、いかせてもらいます」

「あんたの気持ちは、わかってるよ。だったら、ひとつ教えてあげよう。なにか知りたいことがあるのなら、アリャススのところにおいき。あたしにいわれてきたっていえばいい。道は教えてあげよう。だけど、気をつけて歩きなさい、ふりかえるんじゃないよ。アリャススの家のドアを三回たたけば、なかに入れてもらえるはずだから」

そういうと、ヨーヨーは立ちあがり、コビトノアイを連《つ》れて冷《ひ》え冷《び》えとした台所のほうへいきました。むかしはなべから湯気《ゆげ》がほかほかとのぼっていた台所に、今では固《かた》い豆と、豆の汁《しる》につけたパンしか見つかりません。

「ふきん夫人《ふじん》は、どこにいってしまったの？」

コビトノアイがきいても、ヨーヨーは返事をしませんでした。

第五章　黒い指跡《ゆびあと》の通行証《つうこうしょう》

あそこに　年老《としお》いた兵士《へいし》が　眠《ねむ》っている
敵《てき》は　すぐ鼻先まで　きているかもしれない
なのに　ああやって眠り　夢《ゆめ》を見ている
それが　兵士の　いちばん勇敢《ゆうかん》なふるまい

「おい、なんだ、止まれ！」

イリはさけび、さっと立ちあがると、目のまえにいる男をぐいとつかまえました。

そして「止まるんだ！　通行証を見せなさい」とくりかえしました。

ポロ、ポロ、ポロリン。ヤリックはリュートを一度弾《ひ》いてから、後ろにまわしました。

「年寄《としよ》りのがみがみ屋さん、通行証《つうこうしょう》は持ってないけど、ぼくを通しておくれ。吟遊《ぎんゆう》詩人には、悪いことなんてできないよ」

イリはおどろいて口を開けたまま、ヤリックを見つめました。

「吟遊詩人だって？　ドールに吟遊詩人だって？」

イリは、さっきまで寝《ね》ていた長いすにすわりなおしました。

「ははっ、命のない都に、流しの音楽家か。さぞかし小銭《こぜに》がもうかるだろうよ！」

「いや、お金は稼《かせ》ぐ必要《ひつよう》がないんだ。ぼくは自分の楽しみのために、弾《ひ》いているんだから。じゃあ」と、ヤリックがいいます。

イリはもう一度さけびました。

「止まれ！　通行証のないやつを、通すわけにいかない。腕《うで》を見せろ。小人がこっち岸にわたしたのか？」

「うん」ヤリックは答えます。

「そうは見えないが。どこにも黒い印《しるし》がない。小人は、あんたをかまなかったか？」

「とんでもない」

「だが、そうするはずなんだ。かむか、キスをするか」と、イリがいいます。

ヤリックは、「げえっ」といいました。

「あの娘《むすめ》は、ほっぺたに印《しるし》があったんだが」

ヤリックは思わずイリの腕《うで》をつかんで、たずねました。「じゃあ、あの子は、ここにきたんだね？　町に入ったのかい？　いつだ、話してくれ！」

「ほう！　吟遊《ぎんゆう》詩人が、あの子を知っているとは」

「あの子がどこにむかったのか、教えろよ！」ヤリックはさけびました。

「わしも知らんのだよ。あんたたちは、いったいなにをさがしにきたんだ？」

ヤリックは、思わずさけびました。

「きみには関係《かんけい》ないよ！　とにかく、あの子を見つけなくちゃいけないんだ」

「そうか、まあ、あわてるな。あの子は、二度と町から出ることはできないわけだからな。わしのために、ひとつうたってくれ」

「いやだ。通してくれ」

「だったら、なにか話をするんだな。おまえの身の上話を聞かせてくれたら、通してやろう」

「まったく。小人とおんなじことをいうんだな。でも、ぼくの話は長すぎて、こっち岸にわたるあいだには終わらなかった。それで、小人に通行証《つうこうしょう》をもらえなかったんだ。まあいいや、これからきみに、話のつづきをしてあげよう。最初《さいしょ》の部分は小人に聞いたらどうだい。話をふたつあわせれば、通行証の代わりになるよ」

「うむ、考えてみよう」と、イリは低《ひく》い声でいいました。
そこで、吟遊詩人《ぎんゆうしじん》は年寄《としよ》り兵《へい》のとなりに腰《こし》をおろすと、リュートをそっと横において、こんな話を始めました。

花の話——一回目の夏

むかしむかし、あるところに小さな女の子がいて、大きな庭にかこまれたお城《しろ》に住んでいました。まえは、遊び相手がひとりいたのですが、お城に住んでいる魔女《まじょ》のシルディスが、相手の男の子を追いはらってしまいました。というか、魔法《まほう》で消してしまったのでした。今では、大きなふしぎな花が一輪《りん》生えているだけで、女の子はさみしくて悲しくてたまりません。何時間もその花のまえにすわって、目

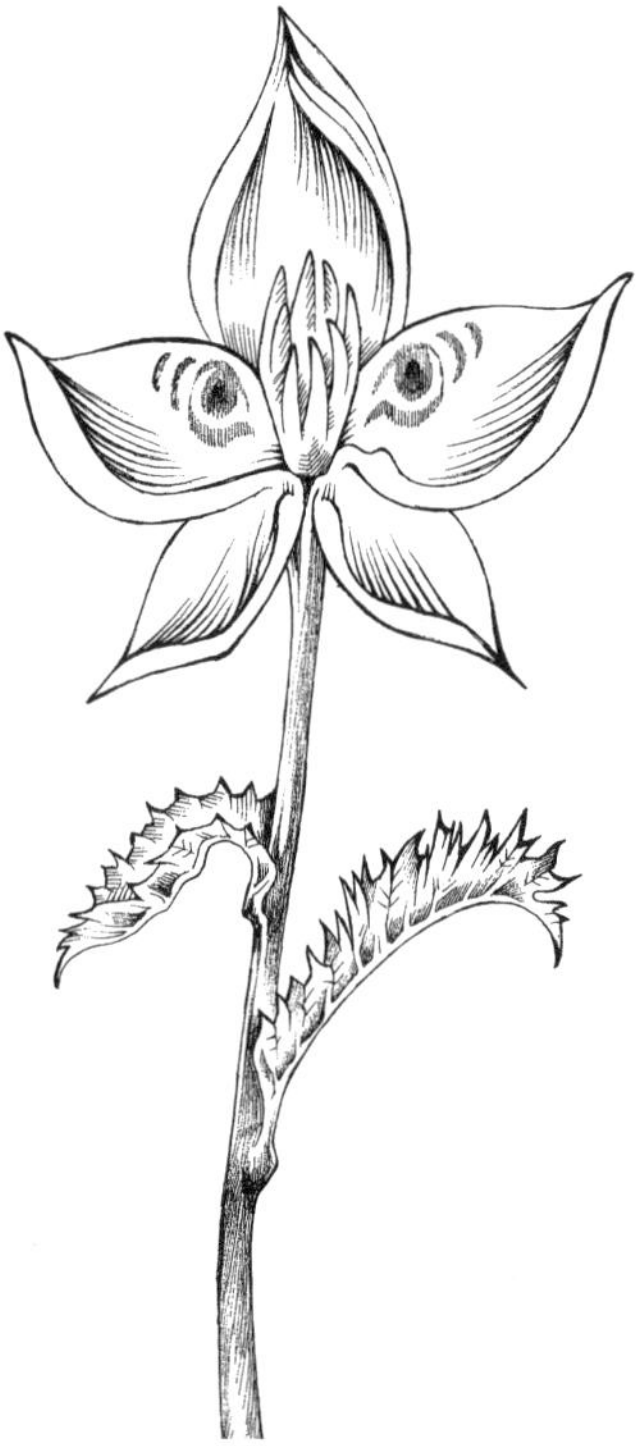

にそっくりのふたつの青いしみを見つめ、「ノジャナイ」とつぶやくのでした。遊び相手はそういう名前だったからです。仲よしの男の子は、女の子を「ぼくのノモノ」とよんでくれました。そのことを思い出すたび、女の子はますます泣《な》きたくなってくるのでした。

毎日、朝早く、女の子はその花に水をやります。じょうろにいっぱい水をやり、花がずっと長いあいだ、夏じゅう咲《さ》くようにしました。

お母さまの王妃《おうひ》さまに仕《つか》える貴婦人《きふじん》たちは、ときどきその花を見にきて、すばらしい花だといいあいましたが、王妃さまは決してあらわれませんでした。王妃さまはご自分の部屋《へや》に閉《と》じこもり、一日じゅうため息ばかりついていました。なぜなら、女の子のお父さまである王さまは、あの魔女《まじょ》のシルディスとだけなかよくし、夜は銀のまくらをして、シルディスの横で眠《ねむ》るからでした。

けれども、夏の終わりのある朝、女の子がじょうろを持っていくと、花はしおれていました。「ノジャナイ!」と、女の子は泣《な》き、花びらははらはらと散《ち》って地面に落ちました。それでも、くきはまだしっかりと立っていて、花があったところには種《たね》がひとつ残《のこ》っていました。

ノモノは種を取りだし、涙《なみだ》をこらえて見つめました。この種をいったいどうしたらいいのでしょう?

ところで、そのお城《しろ》には、道化《どうけ》とよばれる男も住んでいました。道化は、厨房《ちゅうぼう》でも広間でもいつもみんなを笑《わら》わせ、ときにはお行儀《ぎょうぎ》の悪い歌をうたうこともありました。みんな、そんな歌が大好《だいす》きだったからです。でも、ノモノはちがいました。ノモノは、道化《どうけ》をちょっと気味悪《きみわる》がっていて、からかうような目をこわいと思っていました。

そんなわけで、庭に立って手のなかの種《たね》を見つめていたノモノは、自分のすぐうしろに道化がいるのに気がつき、どきっとしました。種を見てほしくなかったのに、見られてしまいました。

「早くかくしなさい、魔女《まじょ》に気づかれるまえに。そして、きみの悲しみもかくすんだ」

「あっちにいって！　あなたとは関係《かんけい》ないわ」ノモノはさけびました。

けれども道化は、ノモノの顔を両手にはさんで、こういったのです。

「ノモノ、ぼくはたくさんおしゃべりするけれど、ほんとに大切なことは話さない。ぼくはたくさん見ているけれど、大切なことは見せはしない。そしてぼくは、いやというほど悲しみがわかっているから、冗談《じょうだん》ばかりいうんだよ」

そのあと道化が、これまでとはまったくちがうまなざしで自分を見つめたので、女の子も道化の目がこわいとは、もう思わなくなりました。

「その種を大切に取っておきなさい。持っていることを、だれにもいっちゃいけないよ」

道化はそういい、種をしまっておけるように、サイコロと同じぐらい小さな銀の箱を女の子にわたしました。

けれども、魔女《まじょ》はなにか勘《かん》づいたようで、一日じゅう女の子のほうをじろじろとながめてばかりいます。道化《どうけ》は魔女が見ているのに気がつき、とつぜん、おどけて、ぴょんぴょん踊《おど》りまわりはじめました。こんなへんてこな歌をうたいながら。

あの子の　知らない　知らないこーと
知らないことを　知ってるよ
ぼくの　知らない　知らないこーと
あの子は　知ってて　ウッフッフ……ヒック！

歌声は廊下《ろうか》じゅうにひびきわたり、「ヒック」というところでは甲高《かんだか》い裏声《うらごえ》を出したので、お城《しろ》のなかのだれもが、道化は酔《よ》っぱらっているんだと思いこみ、げらげらと笑《わら》いころげました。

けれども魔女はだんだん落ちつかなくなり、ワインを飲みだしました。道化は魔女にワインのびんを運んだりグラスについだりして、自分も酔っぱらっているふりをしました。そしてますますばかなまねをし、シルディスのまわりではねたり踊《おど》ったり、一日じゅうつづけたのです。貴婦人《きふじん》たちはリズムにあわせて頭をふり、チリンチリンとイアリングがゆれました。

けれども真夜中、ノモノがとつぜん目をさますと、道化《どうけ》がベッドのそばに立っていました。

「ノモノ、秘密《ひみつ》がわかったよ」

女の子は、自分のベッドに、体を起こしてすわりました。

「あの種《たね》を出して、耳にあててごらん」

そうしてみると、トクトクと心臓《しんぞう》の音が聞こえてきました。ノジャナイの心臓の音です。聞いたとたん、ノモノは泣《な》きだしそうになりました。

「ノモノ、きみはここから、はなれなくちゃいけない。魔女《まじょ》は、きみが種を持っていることを知っている。その種を取りあげようとするだろう」

「わたしはどこへいったらいいの？　それに、この種をどうしたらいいの？」

ノモノがたずねると、道化《どうけ》は答えました。

「この城《しろ》から遠く遠くはなれて、春になったらまいてみるんだ」

「そしたら、ノジャナイは、また花になるの？」

「ああ、また花になる」

「でも、それだけなの？」

「それだけだ。ただ……」

道化はだまりこみ、はっきりいえないことがあるような顔で、女の子を見つめました。

「シルディスにノジャナイを取られたくない。わたしはいくわ。ノジャナイが、たとえ花のままでも」

道化《どうけ》は、種《たね》の入った小箱をペンダントにしてぶらさげられるように銀の鎖《くさり》を出し、ノモノの首にかけてやりました。そしてもう一度、女の子をじっと見つめると、種のなかの心臓《しんぞう》といっしょになって、自分の心臓もドキドキと打っているようでした。

「さあ、おゆき」道化はいうと、足音をしのばせて部屋《へや》から出ていきました。

ノモノは服を着ると、荷物《にもつ》をまとめた包《つつ》みを持ちました。

階段《かいだん》のしたで待っていた道化は、「おいで」と小声でいい、ノモノの腕《うで》をひっぱって大広間へ連《つ》れていきました。大広間の暖炉《だんろ》のまえの長いすで、王さまが眠《ねむ》っていました。

「お父さまに、さよならをいいなさい。でも起こしたらいけないよ!」道化はいいます。

ノモノはお父さまのひたいにキスをすると、しばらく、ほほにほほをくっつけました。王さまのほほは不精《ぶしょう》ひげでざらざらでした。「さよなら、大好《だいす》きなお父さま」と、ノモノは耳もとでつぶやきます。王さまは、ううん、とうなりましたが、目はさましませんでした。道化は、裏《うら》のドアのまえで女の子にわかれをつげると、「さよなら、かわいいノモノ」といいながら、ひたいにキスをひとつしました。

あの花が生えていたところを通り、ため息ばかりのお母さまと、魔女《まじょ》となかよくするお父さまのいるお城《しろ》をはなれ、ノジャナイと遊んでいた庭をはなれて、女の子は旅立ちました。銀の小さなくつをはき、首には、サイコロと同じぐらい小さな箱をつけた銀のペンダントをさげて。

話を終えると、ヤリックは口を閉《と》じました。門番は、大きな茶色のパンのかたまりを取りだすと、厚切《あつぎ》りチーズをのせました。

「おまえも少し食べるか？」と、門番はたずねます。

「うん」と、ヤリック。

ふたりがすわって、もぐもぐ口を動かしていると、イリがいいました。

「その女の子が、あの娘《むすめ》なんだな？」

「どういう意味だい？」と、ヤリック。

「あんたの話に出てきた女の子だよ。あんたがさがしているのは、その子だろ？　あの娘がここに立ち寄《よ》ったとき、銀のくつをはいていたもの」

ヤリックは返事をしませんでした。

「べつに、なにもいわなくてもいいさ。だが、さっきの話はあんたの話なのかい？　自分の話をしたんだろう、一度も〝ぼく〟とはいわなかったけれど」

「いや、ぼくには、身の上話ってものはないんだ」

「だが、あんたもかかわってる話なんだろ。わしにはなんとなくわかるよ。あの子を見つけて、どうしてもらいたいんだい？」

　けれども、ヤリックはまた返事をしません。

「あの娘《むすめ》のさがしているものは、ここでは見つけられっこない。あんただって、あの子を見つけられるかどうか……」

　そういうと、イリもだまりこみました。

「ためしにやってみるよ、イリ」

「あの子の枯《か》れるまえにな。いくがいい」

「通行証《つうこうしょう》がなくても、かまわないかい？」ヤリックはたずねます。

「うーん、まずいことになるだろうな。あんたも、わしも。だがかまうもんか。あんたを見てると、わしはいなくなった相棒《あいぼう》のことを思い出すよ」

　ヤリックはリュートを手に取って兵士《へいし》のまえに立ち、和音をひとつかき鳴らすと、うたいだしました。

　やあ　兵隊《へいたい》さん
　人生が　この先　どうなってるか
　だれも　今から　知りゃしない

家のなかで　失《うしな》ったものを
外の通りで　見つけたりするんだよ

「わしもいいものを見つけたぞ。見ろよ、あんたの通行証《つうこうしょう》だ」イリはそういって、ヤリックがまえにかかえているリュートを指さしました。七本の弦《げん》のしたの共鳴板《きょうめいばん》に、真っ黒な、小人の指の跡《あと》がついていたのです。

「あいつに、まんまとやられたな」イリがいいます。

「ひきょう者め」ヤリックは、指の跡《あと》をこすって落とそうとしました。

「その跡は、いったんついたら二度と落ちない。だが、これで無事《ぶじ》に町のなかへ入れるぞ」

ヤリックは、イリにおじぎをしました。

「たとえ、この通行証《つうこうしょう》がなくても、きみはぼくを通してくれただろ。きみのことは決して忘《わす》れないよ、年取った兵隊《へいたい》さん。もし、もどってくることがあったら、きみに新しいブーツを持ってきてあげよう」

そういうと吟遊《ぎんゆう》詩人はむきを変《か》え、失《うしな》われたドールの都へとつづく、暗い門をくぐっていきました。年寄《としよ》り兵のイリは、ヤリックを見送ろうとはしませんでした。

第六章　魔法使《まほうつか》いアリャスス

「ふりかえっちゃだめ」

コビトノアイは自分にいいきかせました。銀のくつは、ドールの道の敷石《しきいし》にあたってカツンカツンと音をたてていますが、自分の足音がこだましてうしろからひびいてくるのか、それともべつのだれかが追ってくるのか、わかりません。

立ち止まり、体をかがめてくつをぬぐと、手に持ちました。

――これなら音をたてないわ。そう思いましたが、くつしただけの足でひびわれた通りを歩くのは、つらいことでした。

コビトノアイが角《かど》をまがると、ゆく手にトンネルのような門が見えました。あたりは暗くなりかけ、奥《おく》まった門のしたはもう真っ暗でした。コビトノアイは壁《かべ》を手さぐりしながら、ころばないように足を高く持ちあげて進みます。うしろから、重い足音が聞こえてきましたが、立ち止まると、その音は消えました。

コビトノアイはさらに進み、門を出ました。「右にまがって路地《ろじ》に入るんだよ」と、ヨーヨーはいっていたはずです。角《かど》をまがったとたん、どきっとして立ち止まりました。路地には、なんの音もたてずに、おおぜいの人たちがひしめきあっていたからです。人びとはアリの行列のように行き来し、足音も言葉も、さけび声も笑《わら》い声もありません。コビトノアイはめだたないように人ごみをそっとぬけていこうとしましたが、まわりの人はコビトノアイをびっくりした目で見つめていました。

人びとはコビトノアイの左のほほを指さしたり、そでをひっぱったりして、いまにもなぐりかかってきそうな雰囲気《ふんいき》です。コビトノアイは体を引きはなそうとしましたが、いかせてなるものかとますますたくさんの手がのびてきて、腕《うで》や肩《かた》をひっぱりました。銀のくつもかたほうなくし、「もうだめだわ」と思ったとき、とつぜんだれかのさけび声がひびき、そのとたん、人びとはいっせいにコビトノアイから手をはなして路地を逃《に》げていきました。

コビトノアイはぶるぶるふるえながら立ちつくしました。ふりかえる勇気《ゆうき》はないけれど、だれかがうしろにいるのはたしかです。目のはしに、ちらりと銀色のなにかが光った気がして、ぞくっとしました。

かたほうだけになったくつを手に持って、コビトノアイはまたどんどん歩いていきます。

――あの足音は、まだうしろについてくるのかしら。聞こえるような、聞こえないような……。もう、わたしのくつもかたほうだけ。門番のイリとおんなじだわ。

アリャススの家のドアは、腰《こし》をかがめなければ入れないぐらい低《ひく》いドアでした。コビトノアイはすぐにそのドアを見つけ、三回たたきました。「ふりかえっちゃだめ」そう自分にいいきかせましたが、首を横にまわし、左のほほについた通行証《つうこうしょう》がひと目で見えるようにしました。さっきの足音と、銀色に光ったなにかのことを思い出したからです。

ドアはゆっくりと開き、コビトノアイは暗い廊下《ろうか》に足を入れました。道にいるよりは安全そうです。コビトノアイは、肩《かた》に、だれかの手がふれるのを感じ、「ヨーヨーのところからきました」と早口でいいました。「ヨーヨーがわたしをここによこしたんです。あなたが、アリャススさん？　わたしは新入りで、コビトノアイっていいます」

すると、ざらざらした、深い声がかえってきました。

「ああ！　ああ、このすみかへようこそ。おいで」

だれかの手はコビトノアイをひっぱり、真っ暗やみの長い廊下を通ってドアをぬけると、いすにすわらせました。そして両手でコビトノアイをさわり、たしかめはじめました。頭、首、髪《かみ》の毛、おでこ、鼻、口、ほほへと、手をすべらせていきます。

「ああ、小人の跡《あと》だ！　おまえは、あの道を通ってきたのだな？」

両手はコビトノアイの腕《うで》、体、足も順《じゅんじゅん》々にさわってたしかめました。「ああ、これでおまえがだれだかわかった。わたしにはわかったぞ」と、つぶやく声は老人《ろうじん》の声でした。

「わたしには、なんにもわかりません。ここは真っ暗で」

「こっちにおいで、かわいい子よ、こっちへ」と、声がひびきます。老人はコビトノアイの手をにぎり、自分の顔のほうへ持ってきました。コビトノアイは、しわのきざまれた顔の造《つく》りをたしかめながら、注意深く指でさわっていきました。ぼうぼうのまゆ毛、やわらかなまぶた、毛の生えたほほ、ほほをかくすほどふさふさと生えた髪《かみ》の毛。あごひげはどこまでも長く、サンダルをはいた足もとまでのびていました。コビトノアイは、ひげのあいだにのぞく鋭《するど》い足の爪《つめ》にも、手でふれてみました。

「これがアリャススだ」と、その声はいいました。「アリャススの目に光はない。だがな、声に光などいらない。耳さえあれば、人のおしゃべりも、耳で見ることができるのだ」

「わたし、ドールの庭をさがしているんです。どこにいけばいいか、教えてもらえませんか？」

「いたたっ！　その言葉を聞くと目がずきずきと痛《いた》む。今でもまだ、痛むのだ。庭か、まどわしの庭か」アリャススは両手でコビトノアイの腕を、痛いほどにぎりしめました。「わたしには庭が見える、だが、庭はそこにはない。ぜんぜんないのだ」

「でも、あるわ、あるはずなんです！　おねがいします、その庭にいかなくちゃいけないんです」コビトノアイは泣《な》きだしました。

アリャススの手が、さらに強く、コビトノアイの腕《うで》をにぎりました。

「おまえはだれだ？　おまえはだれなんだ、コビトノアイ、庭の場所をたずねるとは？」

手がいったんはなれ、今度は、首すじのほうへのぼっていくのを感じました。アリャススは指で、銀のペンダントの鎖《くさり》をそっとさわりました。

「ああ、秘密《ひみつ》はここに入っている、わたしには見えないが。出してみなさい」

「できません」コビトノアイはいいました。

「だが、これはトクトクと打っているではないか。わたしにはわかるぞ」

「トクトクしてるのは、わたしの心臓《しんぞう》です」

「いいや、おまえのではない。このアリャススは年寄《としよ》りの魔法使《まほうつか》い、だからおまえの秘密が見えるのだ。見える、見えてきたぞ……。ひとけのない場所に生える一本の古い木、ジギタリスやトゲのあるキイチゴが茂《しげ》り、青い小花が咲《さ》いた高い山の頂上《ちょうじょう》も見えれば、野生のスイセンやツルバラ、ツリガネソウのような花でいっぱいの深い峡谷《きょうこく》もある。そのあいだに、ふしぎな花が見える。なんともふしぎな一輪《りん》の花が見える。ああ、長い道のりだったのだな、かわいい子よ、おまえはなぜそこまでするのだ？　そして今、この失《うしな》われた町のなかで、失われた庭をさがし、いったいなにをしたいんだ？　おまえはおろか者なのか、勇気《ゆうき》があるのか」

アリャススは腕《うで》に抱《だ》いたコビトノアイの頭を、長いあいだやさしくなでていました。

コビトノアイはいいました。

「もしわたしの秘密《ひみつ》が見えるのなら、失《うしな》われた庭がどこにあるのかも見えませんか？」

「うむ、分別《ふんべつ》さえじゃまをしなければ、心は先へ先へと進むものなのだな。では先に進もう！　わたしの古いわざを、いま一度、ためしてみるとしよう」

アリャススが立ちあがり、部屋《へや》じゅうを手さぐりする音が聞こえました。荷物《にもつ》が押《お》しのけられ、紙切れがガサガサといい、銅《どう》のすり鉢《ばち》のなかで乳棒《にゅうぼう》を動かす音、スプーンをカップのなかでカチャカチャさせる音がして、老人《ろうじん》はぶつぶつとなにかをつぶやいたり、うめいたりしました。なにもかもが真っ暗やみの秘密の部屋のなかなので、コビトノアイはそのあいだじゅう、なにが起こっているのか少しも見えません。

けれども一瞬《いっしゅん》、まぶしい炎《ほのお》が、天井《てんじょう》近くまでのびあがりました。あやしい光に照《て》らされた影《かげ》がゆらゆらといくつも壁《かべ》に映《うつ》ります。ほんのひととき、真っ白なあごひげを生やした魔法使《まほうつか》いが見え、そのあと、あたりはまた暗くなりました。かすかに残《のこ》る光のうえに煙《けむり》がもくもくと広がっています。遠いむかしの思い出をよびおこす奇妙《きみょう》なにおいが、コビトノアイの鼻の奥《おく》に流れこんできました。においのせいで頭がぼんやりしてきたコビトノアイは、眠《ねむ》りに、夢《ゆめ》の世界に、すとんと落ちてしまったのでしょうか。

アリャスの声で語られる話が、まるでこの部屋《へや》で起きているできごとのように、目のまえに見えてきます。それはこんな話でした。

黒い馬車の話

おまつり、おまつり、おまつりだ！　うきうきする音楽、はるか遠くの太鼓《たいこ》の音、ドーナツの甘《あま》いにおいもただよい、調子っぱずれのラッパ、爆竹《ばくちく》の音、はやし声、笑《わら》い声がひびいてくる。列になった子どもたちが、さわがしいイモムシみたいに人ごみを練《ね》り歩いていく。色とりどりの服、着飾《きかざ》った人たち、絵をかいてもらったほほや、おかしな仮面《かめん》が次々とくりだしてくる。

「ごらんよ、ちょっとほら見てごらん！」と、おまえのそでをひっぱる者がいる。花火は金色のしずくをパッと散《ち》らし、赤い火のしっぽをつけた矢は暗い空にのぼったかと思うと、パンッと破《は》裂《れつ》して、パラシュートのように落ちてきた。緑、黄、赤、青の光。人びとは「おおおっ！」とさけび声をあげ、すぐまえに立っていただれかにつまさきをふまれたので、おまえはその人を押《お》しのける。

するとまた花火の矢があがり、パンッと音がした。でも、音楽はずっとつづいている。門番は、遠くの静《しず》かなところにすわっていた。そこからだと高くあがった矢しか見えないし、音も聞こえない。おまつりがおこなわれている広場と門番のあいだには、家が百軒《けん》も建《た》っていたからだ。夜、ドールオディシアの町のなかによそ者が勝手に入ってこないよう門を見張《みは》るのが、門番の仕事だった。

ドスンという音にびっくりして、門番は目をさました。花火のあがる音だろうか？　ふたたびドスンという音。だれか、この町の門のとびらをけっている者がいるのだ。

門番は小屋のよろい戸を開けた。「たのむ、静《しず》かにしてくれ」と、さけんだが、だれの姿《すがた》も見えなかった。「そこにいるのは、だれだ？」

ふきげんそうな声がした。「おれだ！　おれの女主人さまのために、門を開けろ」

門番は窓《まど》のよろい戸から顔を出し、したをのぞきこんだ。すると、背中《せなか》のまがった小人が立っていた。

「開けろ、わかってるんだろ！」小人は顔をうえにむけ、もう一度さけんだ。

「ふむ。で、あんたの女主人は、いったいだれなんだ？」

「もし、その質問《しつもん》をもう一回したら、おまえの首をちょんぎってやる！」小人はそうさけび、いきなりポンと跳《と》びあがったかと思うと、門番の髪《かみ》の毛をガシッとつかんだ。

「は、はなせ。このままじゃ、門のかんぬきのところにいけないだろうが」

小人は手をはなした。

けれども、門番はよろい戸を閉《し》めると、戦《たたか》いのときのように、門に二重、三重にかんぬきをかけ、さらに町に入るとびらにもかんぬきをかけた。「これでよし」そうつぶやくと、うしろにさがった。

ところが、ギッ、ギーッとすさまじい音をたてて、重い門が少しずつ少しずつ開きはじめた。かんぬきも細い糸のようにまがっている。

門番は、石のようにこわばって立っているだけだった。小人が大またで入ってくるのが見え、馬のひづめの音が聞こえた。そして、口に白い泡《あわ》をためた真っ黒な四頭の馬につづいて、夜と同じぐらい黒い馬車がやってきたのだ。

一行が入ると、バンッと門は閉まったが、門番はぴくりともしなかった。町のなかにむりやり入りこんだ小人と馬と馬車を、門番は像《ぞう》になった姿《すがた》でじっと見つめているだけだった。

おまつり、おまつり、おまつりだ！　太鼓《たいこ》の音、爆竹《ばくちく》の音、花火にドーナツ、吹《ふ》き鳴らすラッパの音、はやし声、笑《わら》い声がひびく。そして人びと。ダダダダダン、ピョンピョンと踊《おど》っている人たちもいれば、ヨッコラショと踊る男たち、ヒョヒョイのヒョイ！　と踊る女たちもいる。列になって練《ね》り歩く子どもたちの足もとでは、花火がバンバンいっているし、指はお菓子《かし》でべとべとだ。

するとまた、だれかそでをひっぱる者がいた。

「ごらんよ、ちょっとほら見てごらん！」

真っ黒な馬のために人びとは場所を開け、すぐまえに立っていただれかにつまさきをふまれたので、おまえはその人を押《お》しのけた。見えたのは一台の馬車、それも夜のように黒い馬車だった。馬車はすぐ目のまえで、音もなく止まった。そしてひとりの小人が、今まで見たこともない小人がその馬車の戸を開け、ふみ段《だん》を足でけり出して、おりてきた。

あたりがしんと静《しず》まった。おまつりそのものも息を止めている。

そして、あらわれたのは、目のくらむ衣装《いしょう》を身につけ、かがやく王冠《おうかん》を髪《かみ》につけた、貴婦人《きふじん》だった。

「ドールオディシア！　ドールオディシア！　そなたと浮《う》かれさわぐために、またやってきたのだよ！　音楽を！」

貴婦人は甲高《かんだか》い声でいい、ふみ段をとびおりると、ダンスのステップを小さくふみ、道の敷石《しきいし》にカツカツとかかとを鳴らしながら踊《おど》りはじめた。けれども音楽は始まらない。人び

ともだまりこんでいる。だれひとり、身動きしない。

貴婦人《きふじん》は踊《おど》りつづけた。足をもっと軽《かろ》やかに動かせるよう、長い衣装《いしょう》のすそをちょっとつまみあげて。「音楽を、さあ早く！」とまたさけび、踊りながら、若者《わかもの》たちが何人か集まっているほうへいき、腕《うで》をさしだしたのだが、若者たちはしりごみするばかりだった。踊る気になどなれなかった。貴婦人《きふじん》の目には、おそろしい稲妻《いなずま》がきらめいていたのだから。

「音楽を！」と、貴婦人はもう一度さけんだが、金切《かなき》り声になっていたうえ、カツカツカツンというかかとの音も、かんしゃくを起こして足をふみ鳴らす音に変《か》わっていた。

「ああ、ドールオディシア、そなたはあたくしを忘《わす》れたのか？　それとも、あたくしをこわがっているのか？　そなたに挑《いど》んでやろう！　明日、九月二十一日の秋分の夜、あたくしはこの馬車のなかで銀のまくらにもたれてすわり、待っていよう。ひとり出てきてほしいのだ。ダンスの相手がほしいのだ。あらわれなければ、ここに立っているオディシアは、消えてやる！」

すばやい身のこなしで、貴婦人は黒い馬車のなかにとびこんだかと思うと、馬や小人とともに、おまつりの場からガラガラと去っていった。

けれども、おまつりそのものが命を失《うしな》っていた。人びとは暗やみのなかを手さぐりし、足をひきずりながら、だまったまま家に帰っていった。

オディシアと名のるあの貴婦人は、いったいだれなのだろう？　だれも知らなかった。もしかすると、古い塔《とう》のしたに住むフロップは知っているかもしれないが、だれもそんなところへいこうとはしなかった。

次の朝、若者《わかもの》たちは集まって、ひそひそと話しあった。おそろしい稲妻《いなずま》の目をした貴婦人《きふじん》と、勇気《ゆうき》を出して踊《おど》ろうという者は、だれひとりいなかった。

「でも、あのおばさま、すごい美人だったぞ」と、年配《ねんぱい》の人たちがいう。

「じゃあ、みなさんのだれかがお相手をしにいったら？」と、若者たち。

「そんなこと、できるもんか。なにしろこの年だし」

「だったら無難《ぶなん》なところで、子どもを出すのはどうだい？」

「それじゃ、いんちきだよ」

人びとは夜になるまで話しあい、暗くなると家に帰った。

町の門は閉《し》まったままだ。門番は、まだ石のようにこわばったまま立っている。

そして、きのうおまつりがおこなわれていた広場のまんなかには、夜になっても真っ黒な馬車が停《と》まっていた。馬たちは馬車のまえにつながれ、うなだれて身動きもせず、小人は重荷《おもに》をせおうようなかっこうで、馬車のうしろに立っていた。

はたして、そこへむかう者はいるのだろうか？　勇気をふるって進みでる者などいるのだろうか？　おもてへ出る者が？

ひとり、いたのだ。若者《わかもの》ではなく年老《としお》いた男で、白いあごひげをはやしていた。老人《ろうじん》は広場をまっすぐよこぎって馬車にむかい、戸を開くと、ふみ段《だん》にかたほうの足をかけた。

けれどもそのとき、けたたましい笑《わら》い声がひびき、老人は体を引いた。

「はっはあ！　ためしてみたいのか？」と、貴婦人《きふじん》はさけんだ。「そなたはあたくしを、ナインチョの魔術《まじゅつ》でなき者にしてしまうつもりなのかい？　そなたごときが、ドールの救《すく》い主《ぬし》だと！　オディシアは消えるぞ！」

そして、両方の目からバチバチと発したすさまじい稲妻《いなずま》が、老人の目に命中した。目をつぶすほどの光だった。そのとたん、馬たちがうしろ足で立ちあがり、猛烈《もうれつ》なかけ足で広場を走りだした。小人を乗せた馬車はうしろでぼんぼんとゆれ、左右にふりまわされながら去っていった。同時に、突風《とっぷう》がひと吹《ふ》き、町じゅうに吹きわたった。風は、何千もの人びとの嘆《なげ》きを思わせるさけび声をひびかせ、ある場所に吹きつけてから、いきおいを弱めた。

次の日、髪《かみ》の白い老人が見つかった。広場に横たわったその老人の目は、見えなくなっていた。通りの敷石《しきいし》には馬のひづめと車輪《しゃりん》の跡《あと》が、くっきり黒く残《のこ》されていた。

「いったい、やつらはどこにいったんだ？　わたしをそっちへ導《みちび》いてくれ、どこにいったか、たしかめなければ」と、その老人はいった。

人びとは、老人を導いて通りを歩き、黒い跡を追って町をジグザグにぬけ、通りから通りへと

歩きつづけ、広場や市場をいくつもぬけていった。「今はどこだ？　どこにいるんだ？」と、老人《ろう》
人《じん》はしょっちゅうたずねた。するとまわりでこんな声がした。「イッタリ通り、キタリ通りだ。

ヌケ道だ。ジュウジロ広場のところだ」

「さっぱりわからん」と、白いひげの老人はつぶやいた。「どこに出るんだ？」

なにしろ目が見えないのだ。

「わからないよ」と、まわりで声がした。「おれたちにもわからないんだ。道に迷《まよ》った。町は変《か》
わってしまったんだ」

いったいだれの声なのだろう？　知らない人たちなのだろうか？

「だが、このあたりにはたくさん庭があったはずだ」老人はいう。

「庭だって？　どこに庭があるんだ？」と、声たちがたずねる。

「壁《かべ》の近くだよ。ユリ門のむこうに」

「ユリ門だって？」と、声たちがきいた。目の見えない老人には、まったく聞きおぼえのない声
だった。

「ああ、壁があった！」と、だれかがさけんだ。ところが、そのあとにつづいたのは悲鳴に近い
声だった。

「この先にはいけないよ！」

「なぜだ？」

「黒い跡《あと》がとぎれているんだ。壁《かべ》のなかに消えている」

「壁をのぼれ。むこう側《がわ》を見ろ！」老人《ろうじん》はさけんだ。

けれども、だれものぼろうとはしない。黒い馬車は、壁をぬけて走り去ってしまった。そして壁には、裂《さ》け目もなにも見あたらない。それは魔法《まほう》だった。人びとはこわくなり、声にもびくびくする気持ちがあらわれていた。みんなは老人の手をはなし、「いこう。ここは危険《きけん》だ。ここからはなれよう」といった。

目の見えない老人は、今では、ひとりぼっちになっていた。壁をさわって調べてみたが、門もなければ、ぬけ道もなかった。しかたなく今度は帰り道をさがそうと、家々を手さぐりしながら、通りをいくつもさまよった。みんなはどこにいったのだろう？　町はからっぽで、活気がなくなんの物音もしなかった。とはいえ、なんにもないというわけではなく、ひとりのおばあさんが老人を見つけ、家まで連《つ》れもどしてくれた。おばあさんはおびえていて、なにが起きたかわからず、なにも語ることはできなかったが、老人をここの、この部屋《へや》に連れてきた。それからずっと、老人は考えに考えを重ねながら、暮《く》らしているのだ。「こうして、老人は今、おまえのまえにすわっているのだよ、コビトノアイ。その白髪《しらが》の老人とは、アリャススのことなのだ」

§

コビトノアイは、夢《ゆめ》からさめた気分でした。部屋《へや》はまたすっかり暗くなっていて、かすかな光も消えていました。

「でも、それ以上《いじょう》もう、なにもわからなかったんですか？」と、コビトノアイはきいてみました。

「考えに考えを重ねて、わたしはこう思うようになった。うむ、あいつはやはり魔女《まじょ》だったと」

アリャススはそう答えました。

「だれが？　その貴婦人《きふじん》がですか？」

「そう、貴婦人だ。あいつはこの町となにか関係《かんけい》があるのだが、顔をおぼえている者も、なにか知っている者もいない。わたしには魔女だとわかり、町を救《すく》うためにあいつを追いはらってやろうと思ったわけだが、このわたしより強かったのだ。あの目が、くせものだよ。そして、おそろしい魔術《まじゅつ》を使い、〝オディシア〟は消え、〝ドール〟だけが残《のこ》った。あいつが、みずみずしい命をすべて奪《うば》い去った。ここには木も草も一本も生えないと、みんながいっているよ。この町のどこにも生えないと」

「生えない、ドールではなにも生えないのね」と、コビトノアイはつぶやきました。

「それにしても、若者《わかもの》たちはどこへいってしまったんだろう？　町には、年寄《としよ》りしかもう住んでいないのだろうか？」

「だと思いますが」

コビトノアイがそう答えると、アリャススはかすれた声でいいました。

「しかし庭は、ドールの美しい庭はどこなのだ。わたしはあいつが……あいつが庭をかくしてしまったのではないかと思うのだ。庭のなかに、命をすべて閉《と》じこめてかくし、その庭をさらにかくしたんではないだろうかと」

コビトノアイは息をのみ、「ど……どういうことですか？」と、ふるえながらききました。

「わたしにもわからない、わからないが……」年寄《としよ》りの魔法使《まほうつか》いは、なにか考えこんでいるようでした。コビトノアイには、部屋《へや》の暗やみのなかでもアリャススのすわるすがたが見えるようで、その声を聞いているのか、アリャススの考えを読みとっているのか、わからなくなってきました。

「壁《かべ》が、黒い車輪《しゃりん》の跡《あと》をのみこんだ壁が、秘密《ひみつ》をかくしているのだ」

「でも、その黒い跡が、どこかに見つからないかしら？　わたし、通りをさがしてみましょうか？」

コビトノアイは、とつぜんたずねました。

「うむ、そんなことなら、みんなにたのんでみたのだ！」と、アリャススはさけびました。「それはもう、おおぜいの人たちにきいてみた。だがな、だれも、庭を見つけられなかった。だから、おまえがやってみたところで同じだろう」

「じゃあ、オディシアは？　オディシアについて知っている人が、ひとりいるんでしょう？」

コビトノアイは、またたずねました。

「なんと？」

「お話のなかで、おっしゃったじゃありませんか。フロップって。フロップってだれですか？

わたしがそこにいったらだめなの？」

「フロップ？　あの、いまわしいやつのことか？　ぜったいにいってはならん！」

「わたしは、こわくないわ」と、コビトノアイはいいます。

魔法使《まほうつか》いはだまりこんでしまい、それからこういいました。「おまえは、それでもこわいはずだよ、コビトノアイ。だが、不安にまさる強いなにかがあるのだな。それがなんだか、わたしはたずねまい。目の見えぬ年寄《としよ》りの魔法使いには、語られるより多くのものが見える。説明《せつめい》されるより多くのことがわかるのだ。おまえがフロップのところへいったら、用心するがいい。あいつを、首もとに近づけてはならんぞ。さもないと、おまえの秘密《ひみつ》は失《うしな》われてしまう」

「どこにいけば、フロップに会えますか？」コビトノアイはききます。

「古い塔《とう》のしたにある丸天井《まるてんじょう》の部屋《へや》のなかだ。やつは、そこで町の年代記を保管《ほかん》している。年代記をさがせば、オディシアについてなにか見つかるにちがいない。だが、その本を読むチャンスなどとても……あそこにはいくな！」

「それでもいきます。古い塔《とう》は、どこにあるんですか？」

アリャススはため息をつきました。「古い塔には、大きなガラゴロン時計がかかっている。その時計は、今でも年に二回だけ、時を打つのだ。三月の春分の日と九月の秋分の日だ。時計の音が聞こえたら、そこへいき、音がつづくうちに階段《かいだん》をおりるがいい」

「あと少しで春分だわ。わたし、もういきます。時計が鳴りはじめたとき、近くにいられるように」

コビトノアイは小声でいい、立ちあがると、老人《ろうじん》の両手がほほをつつみました。

「通りにいるときは、気をつけなさい。ドールの町に、おまえぐらい若《わか》い者はいない。だが、おまえぐらい勇気《ゆうき》があれば、この町を救《すく》えるかもしれない」

コビトノアイは、おどろきました。

「救える？　でも、わたしは、この町を救うためにやってきたんじゃないんです。わたしは……わたしは……」そこまでいうと口ごもり、真っ赤になりました。そのようすは、アリャススにもちゃんと伝《つた》わりました。

「それでも救うのだ」

アリャススは、コビトノアイのひたいにキスをひとつすると、ほほから手をはなしました。

「いけ。アリャススには、コビトノアイに見えるものとは、べつのものが見える。いったい、だれが正しいのだろう？　さがし求《もと》めるものは見つけだす。だが見つけだすのは、さがし求めていたものとはかぎらない」

そういうと、老人はコビトノアイを連《つ》れていき、とびらを開けました。灰色《はいいろ》の日ざしに、コビトノアイは一瞬《いっしゅん》目がくらみましたが、通りを歩きはじめました。

かたほうだけになった銀のくつを、また足にはいて。

第七章　ヨーヨーにささげる歌

ドールの灰色《はいいろ》の通り、うつろな窓《まど》のついた家々のあいだに、歌声がひびきます。

ぼくは愛《あい》する人　愛する人を
もう何年も　追いかけて

その声は壁《かべ》にはねかえり、ひびにしみこみ、あの部屋《へや》この部屋にこだましました。

足は　つかれてくたくた
自分の名も　忘《わす》れてしまった

でも　あの子の名は　忘《わす》れない　忘れない
なぜなら　あの子の名は　この歌に　残《のこ》っているから

ばらばらの石がしたにころがりおち、地面にあたってぼろぼろとくずれます。歌はこだましてぼんやりしたひびきとなり、言葉がごっちゃになって、子どもたちが教室で、うろおぼえの宿題を暗唱《あんしょう》しているようでした。

吟遊《ぎんゆう》詩人のヤリックは角《かど》をまがると、死んだ石から命を引きだすように、リュートの七本の弦《げん》をすべてジャランと鳴らしました。けれども壁《かべ》は耳を貸《か》さず、窓《まど》はうつろなままでした。

それでも……。

ヤリックは広場のほうへ歩いていき、まんなかで立ち止まると、弦をかき鳴らして新しい曲をうたいだしました。

オシッコムシの　おひっこし
しっこ　こっこ　おひっこし
ウンコムシの　ところへ　うんとこしょ
寝床《ねどこ》を　うんとこしょ

寝床《ねどこ》は　ぐうしょ　ぐしょ
　おねしょで　ぐうしょ　ぐしょ

それでも……。

広場は暗く陰気《いんき》なままで、家々には活気がなく、像《ぞう》はあいかわらず固《かた》い石でした。

ヤリックは歌をつづけましたが、歌は石のなかに吸《す》いこまれ、こだまも聞こえてきません。

「やあ、そこの人！　あわれな吟遊《ぎんゆう》詩人に、だれも小銭《こぜに》をくれないのかい？」

返事はなく、動くものの気配《けはい》もありません。

吟遊詩人は通りに入って立ち止まり、家々にむかって品の悪い歌をまたうたいましたが、かえってきたのは沈黙《ちんもく》だけでした。

「なら、これはどう！」と、ヤリックは声をひびかせ、どこからか元気な空気をひっぱりだそうと今度は裏声《うらごえ》でヨーデルをうたいかけました。そのとき、うしろのほうでドアがキィッと静《しず》かに開《ひら》きました。

「しーっ！」と、だれかの声。

吟遊詩人はふりかえりました。すると、ドアのところにおばあさんが影《かげ》のように立っていて、手招《てまね》きしていたのです。

「ハクション！」と、ヤリックはくしゃみをしました。「し、失礼《しつれい》。ところで、小銭《こぜに》はお持ちですか？」

「しぃっ、静《しず》かに！　銀のやつらに用心しなくちゃ、たとえそのへんにはいなくてもね」

おばあさんが、ヤリックのそでをひっぱりました。

「おいで！　なかにお入り。なかに入って、音楽を聞かせておくれ。ああ、音楽、音楽！　奥《おく》の部屋《へや》でよろい戸もカーテンも閉《し》めきって、こっそり音楽を聞かせておくれ。ヨーヨーは、もう長いこと聞いてないんだよ。おいで！」

ヨーヨーばあさんは、ヤリックのうしろにまわってドアを閉めると、廊下《ろうか》をひっぱっていき、通りからはなれたロウソクのくすぶる小部屋にヤリックを連れていきました。

「ここにすわっておくれ」ヨーヨーは身ぶりでしめしました。「そして、曲を弾《ひ》いて、うたって踊《おど》るんだ。あんたの名は？」

「ヤリックだよ」

「ああ、ヤリック！」と、ヨーヨーはさけびました。喜《よろこ》びではじけそうになっています。涙《なみだ》がほおをつたって落ち、酔《よ》っているのか、さもなければ正気《しょうき》を失《うしな》っているように見えました。

「ああ、ヤリック、年寄《としよ》りのヨーヨーにとって今日ほど幸せな日はないよ。むかしやってたみたいに、最後《さいご》のパーティーをしよう。あたしたちしかいなくても、かまわない。弾《ひ》いておくれ！」

ヨーヨーは目をきらめかせながら、大声でいいました。

そしてヤリックは、うたいはじめたのです。

　ぼくは　愛《あい》する人　愛する人を
　もう何年も　追いかけて……

「ああ！　アイする人？　コビトノアイかい？」と、ヨーヨーがさえぎりました。

吟遊詩人《ぎんゆうしじん》は、リュートをおろしました。

「コビトノアイ？　だれだい、それは？」

ヨーヨーはなにかをかくすように笑《わら》い、「ここにきた子だよ！」と、いいました。

ヤリックはとびあがりました。

「ここにきた！　だれなんだい、その子は？　どんなかっこうをしてた？」

「ああ、やっぱりそうか。いいや、あたしは話さないよ。まず最初《さいしょ》に曲を弾《ひ》いておくれ、それから歌も」

ヤリックはヨーヨーの腕《うで》を、ぐっとにぎりました。

「話してくれ！　ぼくは、その子をさがしてるんだよ」

けれどもヨーヨーは、知らん顔で笑《わら》いつづけ、「弾《ひ》いておくれ、それから歌も」としかいいませんでした。ヤリックも、ヨーヨーに話をしてもらうためには、そうするほかないんだとあきらめました。

オシッコムシとウンコムシの歌をまたうたい、カエルの歌や、べつの歌も五つほどうたってやりました。そのあいだヨーヨーは目をかがやかせ、ずっと体をゆすりながら聞いていましたが、ときどき目を閉《と》じて、むかしの思い出にひたっていました。最後《さいご》の歌になるとヨーヨーは部屋《へや》じゅうを踊《おど》りまわり、とうとう、はあはあ息をきらしてすわりこみ、「アカユビワ、ああっ、アカユビワ」とつぶやきました。その目は、涙《なみだ》にぬれていました。

「そろそろ、コビトノアイの話を聞かせてくれないか」と、ヤリックはいいます。

けれどもヨーヨーは首を横にふり、どこか遠くを見つめていました。その目は、カーテンとよろい戸を越《こ》え、かがやきと活気に満《み》ちたドールオディシアの、むかしの通りを見つめているのでした。

「いいや、だめだ。まず、あんたがコビトノアイのことを話してくれなくちゃ。若《わか》い子で、生き生きとしていて、枯《か》れていなかったよ。あの子は外からやってきたんだ。外について話しておくれ、ヤリック、木や草や花について。ここにくるまえ、あの子がいた世界について。そうしてくれたら、どこにいけばあの子を見つけられるか教えてあげるよ」

ヤリックは、リュートを横におきました。

「よし。じゃあ、牧場《ぼくじょう》と一輪《りん》の花の話をしよう。聞いてくれ」

くすぶるロウソクの光のもと、その影《かげ》は上下にゆらめて見えます。いすに深くもたれてすわっているヨーヨーのまえで、ヤリックは話しはじめました。

ヤギの物語――二回目の夏

あるところに農夫《のうふ》がひとりいて、七匹《ひき》のヤギと牧場を持っていました。ヤギたちの毛は白く、牧場も白い色でした。とはいえ牧場が白いのは、冬、雪がふったときだけでしたが。春になると牧場はタンポポの黄色になり、夏はクローバーの緑色、そして秋には食べつくされて、なんにもなくなりました。農夫は牧場を柵《さく》でかこんでいなかったので、ヤギたちは、ときどきどこかへいってしまいました。

さて、ある春の夜、ドアをトントンとたたく音がして、家のまえに女の子が立っていました。

「わたしに世話をさせてもらえる生き物はいませんか?」女の子はたずねました。

「ああ、ヤギが七匹いるよ」と、農夫は答えます。

「よかった」と、女の子はいいました。まだ小さな子でした。

「おまえのほうが、柵を作るより安あがりなら雇《やと》うよ。高くつくなら、やめとくが」

「食べ物と寝《ね》るところさえあれば、それでかまいません」女の子は答えます。

「そこに寝なさい」農夫《のうふ》は、ヤギ小屋のうえにある屋根裏《やねうら》を指さしました。「明日の朝から働《はたら》いてもらおう。七匹《ひき》のヤギが、夜、ちゃんと小屋にもどったら、ライ麦パンを一本やるし、日曜日にはスープもやる。だが、もしいなくなったら、なぐってやるぞ。一匹《ぴき》につき一発だ」

女の子はそこで眠《ねむ》り、次の朝、ヤギたちを牧場《ぼくじょう》へ連《つ》れていくと、よくめんどうを見てやりました。ヤギたちは黄色が好《す》きではないので、黄色いタンポポをよけて、まわりの草を食べています。

「今がそのとき、そのときだわ」と、女の子はつぶやいて牧場をながめ、はしのほうに古い木を見つけました。木のむこうには、低《ひく》い木々が茂《しげ》っています。女の子がそっちへ歩いていくと、そこはぽつんとさみしい場所で、毒《どく》のあるジギタリスとトゲトゲのキイチゴが生えていました。

「ここがいいわ。ここなら、だれもこないもの」女の子は、心のなかでつぶやきました。

そして両手で何本か草のくきを引きぬくと、やわらかい土の苗床《なえどこ》を作ったのです。女の子は、かがみこんで服からなにかを取りだし、そうっと苗床に入れて、土でおおいました。

「メエエー」と、うしろで声がします。ふりかえると七匹のヤギがいて、ようすをじろじろながめていました。

「静《しず》かにしてよ、みんな！　こっちへきちゃだめ！」

女の子はそういい、ヤギたちを牧場のほうへ追いやりました。そのあと小川と苗床を行き来して、両手で水をくんできては、かけてやりました。一週間ずっとそうしていると、ヤギたちも慣《な》れ、気にしないようになりました。女の子がやさしくしてやったので、ヤギたちが逃《に》げだすことはありません。毎晩《まいばん》、ヤギはライ麦パンをひとかけ分けてもらえましたが、日曜日のスープは女の子がぜんぶ飲みました。ヤギはスープなんて、好《す》きではなかったからです。

ひと月たつと、あの場所には芽《め》がひとつ出て、その芽はどんどん大きくなり、六月のある朝、つぼみをつけました。今にも咲《さ》きそうなつぼみでした。

その晩《ばん》、女の子は眠《ねむ》れませんでした。日がのぼるまえにヤギたちを起こし、いっしょに連《つ》れて外へ出ました。そして、朝いちばんの日がさしこんできたとき、女の子は植物のそばにいたのです。つぼみが開き、人と同じぐらいの背《せ》丈《たけ》のふしぎな花が光のなかに咲きました。女の子は、ささやきかけました。

「そこにいるの？　また、もどってきてくれたの、ノジャナイ？」

女の子はちょっと泣《な》いているようでした。立ちあがって花にそっとキスすると、花びらについたふたつの青いしみのしたにも、大つぶの朝つゆがのっていました。

「あなたのめんどうを、しっかり見てあげる。夏のあいだじゅう」女の子はいい、小川へ走っていくと、両手で水をくんできました。

けれどもヤギたちが、またようすを見にやってきました。

「あっちへいってちょうだい！」女の子は、いつもとまったくちがう声でさけびました。

その日はずっとそばにすわったまま、花を見つめ、花に話しかけ、ほかのものには目もくれませんでした。すると夕方、ヤギが一匹《ぴき》、消えていました。

「今回だけは、なぐらない。さがしにいってこい」と、農夫《のうふ》はいいました。

女の子は、家の近くをさがしまわりました。「ヤギさん、ヤギさん！」とよびかけながら。月の光をたよりに、小川のほとりもブナの木立《こだち》のしたも、牧場《ぼくじょう》の反対側《はんたいがわ》も、低《ひく》い木のあいだも見てまわりました。「ヤギさん、ヤギさん！」

あの花のほうへいってみると、ヤギはそこにいました。ギザギザの葉を、一枚《まい》、食べてしまったあとでした。

「やめて！」と、女の子は悲鳴をあげました。ヤギを家にひっぱっていき、ドンと押《お》して小屋に入れました。夕食のライ麦パンは、半本しかもらえませんでした。

その晩《ばん》もなかなか眠《ねむ》れず、次の朝になると、トゲトゲのキイチゴを引きぬいて、ふしぎな花をかこむ柵《さく》を作りはじめました。とげは深く指にささり、女の子の指は血で赤く染《そ》まりましたが、夕方になっても柵《さく》はまだ半分しかできていませんでした。

「ヤギさん、家に帰るわよ！」と、女の子はよびかけました。ところが、今度は二匹《ひき》、いなくなっていたのです。

「二匹《ひき》をさがしにいったら、ほかのヤギが花を食べちゃうわ。五匹だけ連《つ》れて帰ったら、なぐられちゃうし」

それでも、女の子は農夫《のうふ》のもとへ帰りました。「もう一度だけ、なぐらない。ヤギをさがしにいくんだ」

女の子は「ヤギさーん！」とさがしまわりましたが、急にはっとして花のほうへ走りだしました。ヤギたちは、そこにいました。でも、二匹とも花を食べてはいません。柵の残《のこ》りの部分ができあがっていたからです。キイチゴの木の枝《えだ》をがんじょうに編《あ》んだものが、足されていました。

女の子は口をぽかんと開け、その柵を見つめました。いったい、だれがやってくれたのでしょう？　家に帰った女の子は、ライ麦パンを、ひと切れしかもらえませんでした。

その夏じゅう、女の子はヤギのめんどうをしっかり見ました。ただ花に水をやろうと、しょっちゅう小川へいきました。すくった水を、キイチゴの枝で作った柵のうえからかけ、そのあとしばらく花をながめるのです。ときどき、歌もうたいました。池のある庭、大きな木、秘密《ひみつ》の穴《あな》、「眠《ねむ》れる森の美女」が出てくる歌を。

すると、ヤギたちがやってきて、じろじろながめました。ヤギたちは、どうして女の子が牧場《ぼくじょう》のこんなすみっこにすわりこんでうたうのか、わかりません。夏の牧場はこんなにも美しいのに。黄色いタンポポは消えていましたが、草地には何千もの綿毛《わたげ》が広がっています。ヒナギクも大きくなろうとのびてきて、カタバミもあちこちで赤くなっていました。

秋が近づいてきました。朝は霧《きり》の白いカーテンがかかり、夕方は早い時間から蚊柱《かばしら》が立つようになりました。木々も、だんだんひっそりした感じになりました。

花がしおれはじめると、女の子は落ちつかなくなりました。

ある日の昼、両手に水をくんできた女の子は、花びらが落ちているのに気がつきました。くきの先には種《たね》がひとつ、残《のこ》っているだけでした。

「ノジャナイ、ノジャナイ、どうしたら、あなたを取りもどせるの」

女の子はささやき、地面に水をこぼしました。そしてひどく悲しそうな顔で、花の種を取ろうとしましたが、どうしても手がとどきません。トゲトゲのキイチゴの枝《えだ》を両手で引きぬかなければいけないのに、キイチゴは春より、もっとからまりあってのびているようでした。それでも女の子はやってみて、急に、はっとふりかえりました。

うしろに、ひとりのおじいさんが立っていたのです。

「それは、とても変《か》わった花だ。このへんの花ではないな」

「え、ええ」女の子は、おそるおそるいいました。「種《たね》がほしいのかね？」と、おじいさんはききます。

女の子はうなずきました。

「わしならとどくぞ」

女の子がおじいさんをじっと見つめると、おじいさんは、にっこりしました。

「あなたが、柵《さく》を最後《さいご》まで作ってくれたんですか？」

「ああ、そうだよ」

「おじいさんは、だれ？」

すると、その老人《ろうじん》はこう答えました。「いろんなことを知っている年寄《としよ》りじゃよ」

そしてキイチゴの柵のむこうへ手をのばし、くきから種を取ると、女の子にわたしました。

「しっかりしまっておきなさい。だがその種は、このあたりのものじゃない。どこか別《べつ》のところにまかないと」

「まあ。じゃあどこに？　教えて、どこにまいたらいいんですか？」

おじいさんは首を横にふりました。

「わしにはいえない。だが、おまえさんはたぶん、その場所を見つけるだろうよ」

「で、見つけたら？」と、女の子はききます。

「そのとき……そのときには……もどってくるだろう」おじいさんはそう答え、「おそらくな……」と、いったあと、むにゃむにゃとわけのわからないことをつぶやきました。女の子はなにかにじっと聞き入《い》っているようすで、種《たね》を耳にあてています。その目に涙《なみだ》が光ったのに、おじいさんは気がつきました。

「冬のあいだは、種をしっかりしまっておいて、春になったらさがすんだ。ふさわしい場所をさがしなさい――しかし、おまえさんは、たとえそんな場所を見つけたって、そうとはわからんだろうが」

女の子は、なにかききたそうな顔でおじいさんを見つめていましたが、おじいさんはその子のひたいにキスをすると、すがたを消しました。ほんの一瞬《いっしゅん》、女の子はおじいさんを知っているような気がして、もう少しで思い出せるところでしたが、暗くなりかけた牧場《ぼくじょう》を見つめているうち、七匹《ひき》のヤギがぜんぶいなくなったことにとつぜん気がつきました。「もう気にすることないわ」と思いましたが、それでもさがしはじめました。

「ヤギ、ヤギ、ヤギさーん！」小川のほとりもブナの木立《こだち》も、やぶのあいだもさがしたのに、一匹《ぴき》も見つかりません。「もう気にすることないんだけど」そう思いながら、農夫《のうふ》の家のほうへもどっていきました。たおれるまで、なぐられるかもしれません。けれども、七匹のヤギは自分たちで家にもどり、小屋に入っていたのでした。

「おまえは、ヤギたちをよくしつけたなあ。冬じゅう、ここにいてかまわないぞ。毎日、ライ麦パンを一本とスープを出してやるし、日曜日には白パンもごちそうしてやろう」

そこで、長い白い冬のあいだ、女の子は、農夫《のうふ》のもとで春を待ちました。春になったらどこかへいって、胸《むね》にさげた種《たね》にふさわしい場所を見つけてやりたいと、思いながら。


ヤリックは話しおえました。しばらく沈黙《ちんもく》が流れ、そのあとヨーヨーがため息をつきました。

「なんて深いんだろう。ああ、深い深いものすごい悲しみがこめられた話だよ、ヤリックさん。おしまいまで話してくれないかね？」

ヤリックは笑《わら》いだしました。「話したらあと一年はかかるよ、ヨーヨーさん」

「どうなるかがわからないなんて、さみしくて心細いもんだよ。まあいいさ、慣《な》れてるもの」そういって、ヨーヨーは、またため息をつきました。「あんたの話は悲しい結末《けつまつ》なのかね。そんな予感がするよ」

ヤリックは首をふり、「ああ」「いや」とつづけていいました。「どんなふうに語られるかによるね」

「ああ、そうか。あたし自身の人生も、悲しく終わるかもしれないし、そうじゃないかもしれない。でも、それをこの先、だれが語ってくれるのかね？」

ヤリックは立ちあがりました。「ぼくはいかなくちゃ。どこにいけば、あの子を見つけられるか、教えてくれよ」

「わかれの歌を、もうひとつ」と、ヨーヨーはすすり泣《な》きます。

「だめだめ」ヤリックはいい、リュートを肩《かた》にさげました。「どっちにいけばいい？」

ヨーヨーばあさんはいすから立つと、吟遊《ぎんゆう》詩人を案内《あんない》して、ふらふらしながらドアのほうへいきました。ドアを開け、用心深く外をのぞくと、道すじを指さしてくれました。「気をつけるんだよ。音楽も歌もいけない。銀のやつらがそれを聞いたら……」

「ぼくは銀のやつらなんか、ちっともこわくない」と、ヤリックは大声を出します。

ヨーヨーはびっくりして、困《こま》った目つきでヤリックを見つめました。

「吟遊詩人さん、あの女の子が見つかったら、ここへもどってきておくれ。あんたはこの家を、むかしみたいに楽しい空気でいっぱいにしてくれた。あたしはひとり取り残《のこ》される。でもね、あんたがもどってくることに望《のぞ》みをかけていたいんだ」

ヤリックはにっこりして、「約束《やくそく》するよ」といいました。

そしてむきを変《か》えると、道を歩きはじめました。ヨーヨーに教えられたとおり、目の見えない老魔《ろうま》法使《ほうつか》いアリャススの家をめざして。

第八章　エイプセ

コビトノアイは、運にまかせて道を歩き、町の中心部をさがしました。ガラゴロン時計のついた古い塔《とう》は、そこに建《た》っているはずなのです。

そうするうち、むかしはおまつりが開かれていた大きな広場に出ました。ずらりとならんだ居《い》酒屋《ざかや》、劇場《げきじょう》、集会所は、どこもぼろぼろでかたむいているうえ、からっぽで、しんとしていました。あっちでもこっちでも、ドアのうえのほうに、字の読めなくなった看板《かんばん》がかかっています。ふたつの言葉だけは、まだわかりました。その言葉は、壁《かべ》のうんと高いところにペンキで書いてあって、わりあい新しい字のように見えます。ひとつの壁には「ジョンとベン」、もうひとつの壁には「ベンゴする」。けれどもコビトノアイはどういう意味なのかじっくり考える気になれず、かたほうだけになった銀のくつで、ひょこひょこと歩いていきました。

少し行くと橋があり、運河《うんが》をわたれるようになっていましたが、運河には水がまったくありません。時がたつうちに、底《そこ》をおおっていた粘土《ねんど》は干上《ひあ》がってぱっくりとひびわれ、石のようになっていました。

コビトノアイは橋をわたってみました。でも、むこう側《がわ》につくかつかないうちに、一軒《けん》の家のドアがさっと開《あ》き、女の人が外にあらわれました。

「助けて、アタシを助けて、だまされちゃったの！」女の人はそうさけんで、コビトノアイのほうへまっすぐやってきました。その人はスリッパをはいたままで、頭にはハリネズミのようにカーラーを巻《ま》き、うすよごれたガウンを着て、腰《こし》のところに犬の革《かわ》ひもをむすんでいました。

「だまされたの、ほんとなのよ」と、女の人はさけび、コビトノアイの腕《うで》をつかみました。「あなた、なにか知らない？」

「なんのことです？」コビトノアイはききます。

「仕立て屋のことよ、きまってるじゃない！　朝からずっと、ドレスを待っているの、すばらしいドレスなのよ。でもこないの。アタシのことをほったらかしなんだから」

「仕立て屋なんて知らないわ」コビトノアイはいいました。

「えっ？」その人はあきれて、コビトノアイを見つめました。「知らないの？　今夜はパーティーなのよ。ドレスを着て、いかなくちゃいけないの。アタシがいちばん美しいはずだわ。若者《わかもの》たちはみんな、アタシのまえでおじぎをして、ダンスに誘《さそ》うでしょうね。仕立て屋はどこなの。さがしてよ、すぐにさがしてきてちょうだい」

「時間がないんです。わたし、いかなくち……」コビトノアイはいいかけました。

「時間がないって！　時間がないのは、アタシのほうよ！」カーラーをつけた女の人はきいっとさけんだあと、「ああ、でもわかったわ」と、言葉をつづけました。「あんたは新入りね！　あのきたない小人がキスしたのね？　あんたは、この町のことをまだ知らない。パーティーやおまつりのこともなんにも知らないんでしょ？　仕立て屋のことも！　じゃあ、あんたに用はないわ。さっさといってちょうだい」

「だけど、パーティーなんて、もうないのに？」

コビトノアイがそういうと、女の人は「おほほっ！」と、笑《わら》いだしました。「おばかさんだこと、そんなふうに信《しん》じこまされたのね？　だったら好《す》きにしたら。いえ待って、アタシの手伝《てつだ》いをしてもらおうっと！」

コビトノアイは家のなかにひっぱりこまれました。長いあいだ空気が通わなかったせいで、ほこりくさく、部屋《へや》にはテーブルひとつしかありません。そのテーブルのうえによごれたコップやお皿、かけたティーポット、ヘアピンの山、色とりどりのぼろきれやスカーフ、さびたネックレス、こわれたビーズ、黄ばんだ真珠《しんじゅ》、からからになったクリームの小びん、かたまって開かなく

なった粉《こな》おしろいの箱、香水《こうすい》のからっぽのびんなどが、ところせましとならんでいました。

「おめかしを手伝《てつだ》って」

その人はテーブルにむかってすわり、さびついた鏡《かがみ》を手に取って、コビトノアイにブラシをわたしました。

「髪《かみ》を結《ゆ》ってちょうだい。カーラーをはずして、ブラッシングするの。ふんわりとね」

「ええ、でも……」と、コビトノアイはいいかけます。

「アタシのいうとおりにして!」と、女の人はさけびました。おそろしい目つきでいったので、コビトノアイはなにもいえなくなりました。コビトノアイが一本ずつピンをはずしていくと、女の人は急にうしろにもたれて、勝手にぺらぺらとこんな話を始めました。

パーティーの思い出

仕立て屋がきたわ、きたはずだってアタシにはわかる。今晩《こんばん》はパーティーで、アタシのドレスで、みんなをうらやましがらせてやるの。「青を着ちゃいけないよ、エイプセ」って、みんなはいつもアタシにいうけれど、いじわるしてるだけなんだわ。アタシ、青が似合《にあ》うんだもの。でも、もうすぐ仕立て屋がきたら、わかるでしょうよ。青はやめて、そうよ、青はやめにして、もっときれいな色にするわ。パーティーの広間は嫉妬《しっと》のにおいでぷんぷんするでしょうね、それがアタシの香水《こうすい》。男たちをうっとり夢中《むちゅう》にさせちゃう香《かお》りなの。

だれを選《えら》ぼうかしら？

まえは選ぼうにも選べなかった、だめだった。エイプセは恥《は》ずかしがりやの壁《かべ》の花だった。白いボタンがついたカラシ色のドレスを着てた。芯《しん》と花びらの色が逆《ぎゃく》になったヒナギクみたい。だけど、お店でアタシ、ほしいドレスをさがしだしたの。「これ」ってアタシはいった、「それから、これとこれも」って。そして、ドレスを次々に試着《しちゃく》してみたら、鏡《かがみ》のなかに女王さまが立っていたじゃない。あれはエイプセじゃなくて、女王陛下《へいか》だった。だけど、アタシはそれをぜんぶぬいで、もっときれいな服がかかってる次の店に入ったの。女王さまよりさらにえらい女帝《じょてい》さまのエイプセになったのよ。

町じゅうのお店という店に寄《よ》ってみた、毎日毎日。そしたら出入りを禁《きん》じられたの。アタシがあんまり美しいもんだから、いじわるされたのよ。そして、またカラシ色に、ボタンのついたドレスを着なくちゃいけなかった。

「あんたはおつむが弱いのよ」って、みんながいったわ。

ひどいうそつきばっかり。

だけど、次のパーティーには、インクびんをうきうき気分で持っていったの。エイプセは頭がいいんだもの。おつむが弱くなんかないのよ。フィーの赤いドレスに、ぽつりとインクのしみをつけてやった。ヘルダの白いドレスにもぱあっとちらして、アマデのドレスにはインクびんごとバシャンとかけた。

もうすぐ仕立て屋がきたら、包《つつ》みになにが入っているかわかるでしょうよ。そしたら、エイプセは女神《めがみ》さまだわ。

インクびんのことがあって以来《いらい》、アタシはどのパーティーにもいっちゃいけないことになったわけ。だけど、今晩《こんばん》はいくわよ。ほら見て、準備《じゅんび》はぜんぶできてるの。クリーム、ほおべに、アイシャドー、髪《かみ》につける真珠《しんじゅ》まで。チョウチョみたいに、ふわふわできれいなお化粧《けしょう》をするのよ。だって、あのドレスにはそんなお化粧が似合《にあ》うんだもの。

あんた、仕立て屋の名前を知ってる？　知ってるわけない、だあれも知らないもの。ドールオディシアの仕立て屋のことを、よく知ってる人はいないの。チョウの羽からドレスを作るんですって。庭でチョウをつかまえて、羽をむしり、カイコの糸でつなぎあわせるの。一年に一着しかドレスを作らないのよ。そんなドレスだから、一度きりしか着られないわ。ぬいだらさいご、ぼろぼろになって、落ち葉のようにどこかにはらはらと飛《と》んでいっちゃう。

今年のドレスはアタシのためなの。仕立て屋がきてないか、見にいってちょうだい。橋をわたってくるはずよ。それに、髪《かみ》のほうもいそいでちょうだいね。

ああ、今晩《こんばん》、だれを相手に選《えら》んだらいいかわかったわ。踊《おど》り手《て》、いちばんの踊り手にする。その人を相手にぐるぐる宙《ちゅう》にただようの。だって、チョウの羽のドレスを着て踊ったら、体が少し浮《う》かぶでしょう。そうやって、宙にただよっているのはアタシだけ。壁《かべ》ぎわに立っている女の子たちのまえを飛《と》びまわって、みんなをうらやましがらせてやる。

クリームのつぼをちょうだい。目のしたにつけて、こすらなくちゃ。しわがかくれるように、そっとそうっとね。鏡《かがみ》よ鏡、鏡さん、エイプセを国じゅうでいちばんの美人にしておくれ。

ああ、聞こえるわ。ほら、仕立て屋がきた。ドアを開けてちょうだい。

コビトノアイは髪《かみ》をとかしおえました。エイプセの髪は、何本もの灰色《はいいろ》の細いふさになって、頭からたれています。「ドアのところには、だれもきてないけど」

「見てらっしゃい！」と、エイプセはこわい声を出しました。

コビトノアイはドアまでいき、開けて通りをのぞいてから、またドアを閉《し》めてもどりました。

「ほんとにいないの」

「またそんなこといって！　みんなでアタシを、だますんだから。でもね、あの人はきます。アタシは知ってる、知ってるもん。アタシのことはだませませんよ」

エイプセは、乾《かわ》ききった小びんを指でかきまわし、クリームがついているつもりで、年取ったしわだらけの顔にぬりたくり、しみだらけの、なにも映《うつ》らなくなった鏡《かがみ》を見つめていました。

コビトノアイはきいてみました。「庭がどこにあるか、知ってますか？」

「ぷふふっ！　みんなが知っていることを、エイプセが知らないとでも思ってるわけ？」

そして、鼻のまわりにきれいにおしろいをのばすつもりで、鏡にむかってしかめっつらをしました。

「わたしね、庭をさがしてるの。でも、見つけられなくて」コビトノアイはいいます。

「あのうそつきたち、まちがった場所を教えてるんだわ」と、エイプセはいいましたが、その声はうわのそらでした。口紅《くちべに》をつけようと、くちびるを一文字《いちもんじ》にしたところだったからです。

「じゃあ、どこをさがしたらいいの？」コビトノアイはききます。

「ちゃぷちゃぷの運河《うんが》をわたったところ。第七タイコ橋をすぎたあたり」そういって、エイプセは乾《かわ》ききったまゆ筆《ふで》で、まゆ毛をなぞりました。

「でも、ちゃぷちゃぷの運河《うんが》なんてどこにもないわ。ぜんぶ干上《ひあ》がっているもの」

「うそつき！」と、エイプセ。

「でも、ここの運河は、ほんとにからからなのよ」

「しいっ！　聞こえる！」エイプセはコビトノアイの腕《うで》を、ぐっとつかみました。「そこまできてるわ、ようやく」

エイプセは、窓《まど》のほうへいきました。ほんとうに橋のところで足音がするのでしょうか？

コビトノアイも窓辺《まどべ》にいき、外をながめました。

男がひとり、橋をわたってくるのが見えました。灰色《はいいろ》の日ざしのなか、ぼんやりした影《かげ》に似《に》たその姿《すがた》は、上から下まで銀の服を着ているように見えます。カッカッとゆっくり近づいてくる足音は、なんの音もない外の静《しず》けさのなかで、不気味《ぶきみ》にひびきました。

コビトノアイは見つかりたくない気がして、ちょっとうしろにさがりましたが、目はずっと外を見つめていました。

——あの男の胸《むね》に、黒いものがついてなかった？　足でふんだような黒い跡《あと》が、銀の胸に残《のこ》ってたんじゃ？

コビトノアイは息をのみ、なにかを守ろうと、首もとを手でおさえました。

男はすぐそばまできて、玄関《げんかん》のドアのまえで立ち止まったようでしたが、少しして立ち去る音が聞こえました。

「あれは……仕立て屋じゃないわ。でも、いったい、だれ？」と、コビトノアイはつぶやきます。エイプセは、知らないもののまえでおじけづく犬のような目でコビトノアイを見つめ、「ひきょう者！　アタシをこわがらせるために、あんなことをして」と、ふるえながらささやきました。そして、急に子どものようにわあっと泣《な》きだしたのです。「みんなで、わざとあんなことをするのよ。アタシがパーティーにこないように。町じゅうでアタシをいじめるの！」

うつむいたエイプセのほほを悲しみの熱《あつ》い涙《なみだ》がぼたぼたと流れ、新しく涙をこぼすたび、うっうっと声をもらすのでした。こうしていると、エイプセの頭がおかしいようには見えません。

コビトノアイは自分の心細い気持ちも忘《わす》れ、ききました。

「わたし……お茶をいれてあげましょうか？」

けれども、水はなく、お茶の葉っぱもありません。あったのは、ひびわれたポットだけでした。

「じゃあ、これはどうかしら。門番のイリにもらったチーズのかたまりよ。どうぞめしあがれ」

エイプセは大きくすすりあげました。「ああ、どこかにいって。アタシをほっといて。なにもかもぜんぶほんとじゃないって、アタシにはちゃんとわかってる。アタシは頭がおかしいのよ」

「ううん、ちがうわ。その仕立て屋さんはきっといるわ。も、もし……庭が見つかったら、わたしが連《つ》れてきてあげる」

「もういいよ。アタシは年寄《としよ》りだもの。待ちくたびれて、おばあちゃんになっちゃった」エイプセはそういうと、立ちあがりました。「さあ、出発しなさい。道は教えてあげる。だけど、あんた、どこへいくつもり？」

「古い塔《とう》へ」

エイプセは、コビトノアイをじっと見つめましたが、なにもたずねませんでした。

「気をつけて。さっきの男を見たら、かくれなさい。石に変《か》えられちゃうから」

ドアのところで、エイプセは、町の中心部へむかう道を教えてくれました。

「さよなら。アタシはここに残《のこ》るわ。明日……明日は、パーティーにいくんだもの」

コビトノアイは、もう一度ふりかえります。ドアのむこうに立つエイプセは、髪《かみ》を顔にばさばさとたらし、目のしたはしわだらけ、ほっぺたはしみだらけでした。うすいナイトガウンで立っているエイプセの目には、もとどおり、チョウの羽のパーティードレスにあこがれる気持ちしか映《うつ》っていませんでした。

第九章　チョウチョの踊《おど》り

　次の朝、エイプセはまた窓辺《まどべ》にすわり、橋のむこうをながめていました。ドールの日々は、ずっと同じままなのでしょうか？　何月何日という日付《ひづけ》もなく、月、火、水といった曜日もないのでしょうか？　時間は止まっているのでしょうか？　それとも進んでいるのか……。というのも、ガラゴロン時計が時を打てば、春分か秋分なのです。でも時間はたぶん、町のうえのほうにひっかかっているだけなのでしょう。そして、塔《とう》のとがった先が時間にチクリとつきさささったままになり、したにある町の時間は進まないのかもしれません。

　きのうのことをまだおぼえているのか、もう忘《わす》れてしまったのかはわかりませんが、エイプセはまた窓の外を見つめていました。すると、ひとりの男の人が、橋をわたってやってきました。

――仕立て屋だわ！　腕《うで》に持っている、あの包《つつ》みのなかに、きっとドレスが入っているのよ。

エイプセはドアのほうへかけていき、押《お》し開けると、通りにとびだしました。

「やっと、やっときてくれた！　すぐなかに入ってちょうだい。アタシは待ちくたびれて、おばあちゃんになっちゃったけど、まだだいじょうぶ。今晩《こんばん》にまだまにあうわ」

「歩きつかれて足がくたくたなんです」と、男の人はいいました。

「そんなに長いこと、さがしてくれたの？」エイプセがたずねると、その人は答えました。

「ええ。でも、あなたをさがしてたんじゃないよ」

エイプセは男の人をひっぱっていき、ものほしげにいいました。

「いいえ、そうにきまってる。アタシをさがしてたのよ。見せて。あれをすぐに見てちょうだい。そして、アタシが着るのを手伝《てつだ》って」

「なんの話？　ぼくは、アリャススをさがしてるんだ」

「ああ、あの年寄《としよ》りの魔法使《まほうつか》いね！　あいつも、からんでるんだろうと思ってたわ。まず、なかに入って、それから見せてちょうだい」エイプセはそういうと、包《つつ》みに手をのばしました。

「さわらないで！」と、男の人はいいます。

「だけど、これはアタシのものよ。今すぐちょうだい、ためしてみないといけないから」

「ぼくの上着を？」

「ほほっ！　もちろん、そのしたにあるものよ。パーティー用の！」

「弾《ひ》きたいのかい？」と、男の人はおどろいてききます。

「ううん、踊《おど》りたい。これをふわあっと広げて踊るの」エイプセの目がかがやきました。

けれども、男の人はいいました。「まず、アリャススがどこに住んでるか教えておくれ」

「ええ、もちろん教えますとも。あとでね！」エイプセはさけび、男の人をなかにひっぱりこむと、ドアをバタンと閉《し》めました。「今すぐ、これをちょうだい」

男の人は肩《かた》をすくめ、腕《うで》にかけていた上着をはずしました。エイプセは思わずあとずさると、口を開けたまま男の人が手に持っているものを見つめ、がっかりして金切《かなき》り声をあげました。

「うそつき、いじわるなうそつき。あんたは、仕立て屋じゃないわ！」

「仕立て屋？　もちろんちがいますよ。そんなことといってないでしょう。ぼくはヤリック、吟遊《ぎんゆう》詩人のヤリックです。そしてこれは、ぼくのリュート」

「アタシへのいやがらせなのね。町じゅうの人が、いやがらせをするんだから。アタシをからかうために、あんたをここによこしたのね」

「おたく、頭がへんなんじゃない？」ヤリックがいうと、エイプセは泣《な》きだしました。

「みんなが、そういうのよ！」

ヤリックはリュートを手に取り、

だって　みんなが　そういうの
だって　みんなが　そういうの
でも　みんなも　そうなんだ　みんな　そろって　へんなんだ
みーんな　へん　みーんな　へん
へーん　へーん　へんなんだ！

と、うたいました。
エイプセは泣《な》きやみ、「あんた、いじわるだわ」と、いいます。

いじわる　いじわるさん
赤いずきんを　かぶりなさい
青いマントも　つけなさい
いっしょに　海にいきましょう
てくてく　百歩　歩いてね
びゅんびゅん　百歩　空をとび
そしたら　ゆらゆら　波のなか

エイプセは部屋《へや》のなかを、ダンスの足どりで何歩か歩き、「音楽、音楽とパーティーだわ」とつぶやきました。

いち、に、さん、しぃ
しぃちゃった　しぃちゃった
ダーレンじょうさん　むだづかい　しぃちゃった
スモモを　摘《つ》みに　でかけていって
ヒョウタン　持って　帰ったよ
だって　むりやり　買わされた

「アリャススがどこに住んでるか、教えてほしいんだ」と、ヤリック。

でもエイプセは喜《よろこ》びにわれを忘《わす》れ、部屋じゅう、はねたり踊《おど》ったりしています。

そして「パーティーだわ。見て見て、アタシの着てるドレスを」と、さけびました。くるくるまわると、うすよごれたガウンのぼろぼろにほつれたすそが、大きく広がりました。

「見て、チョウの羽よ！　きらきらしてる！」

でも、きらめいているのは、エイプセの瞳《ひとみ》のほうでした。

「あんたを選《えら》ぶわ、吟遊《ぎんゆう》詩人さん、あんたがアタシの踊《おど》りの相手！」と声をあげ、ヤリックにとびつき、まるでとりつかれた魔女《まじょ》のように、ヤリックを相手にぐるぐるとまわりはじめたのです。

「見て見て、みんな、うらやましがってる！　アタシ、みんなをあっといわせてやるんだから！」

エイプセは踊りながらささやき、かがやく瞳を、ひびわれた壁《かべ》やガタガタするいす、ペンキのはげた戸棚《とだな》のほうへ、あてもなくむけました。

「さあ、なにか飲みましょう！」そういってテーブルにむかってすわり、よごれのこびりついた食器《しょっき》のあいだを手さぐりしています。ヤリックにカップをさしだし、チンと鳴らして「かんぱい！」をしましたが、カップは地面に落ち、粉々《こなごな》にこわれてしまいました。

「わたしのドレスが！　ああよかった、ドレスはよごれてないわ。すばらしいドレスじゃない？チョウチョの話をして。このドレスに使われた何千ものチョウの話をしてちょうだい。日の光のなかを、どんな色で飛《と》びまわっていたか話してちょうだい」

「ぼくはアリャススが住んでるところを、教えてほしいんだよ」

「アリャススは、ただのばかなおじいさんよ。アタシはチョウチョの話を聞きたいの。話してくれたら、魔法使《まほうつか》いのところへいってもいいわ」

「チョウチョか」ヤリックはつぶやくと、目をつぶりました。「ある夏、何千ものチョウがいっせいにはばたいていたっけ」

そういったとたん、閉《と》じた目の奥《おく》でなにかが見えてきました。ヤリックは床《ゆか》にゆっくりと腰《こし》をおろし、リュートをかたわらにおき、話しはじめました。その口調《くちょう》は、まるでなにかにつき動かされるようで、エイプセは、口をあんぐり開けたまま耳をかたむけました。

チョウチョの物語——三回目の夏

山高く、暗い緑色のモミノキしか生えていない、そんなところに、絵の具箱を開けたような、あざやかな黄緑色の牧場《ぼくじょう》が広がっていました。

そんな高い山の上には、人も動物もだれもやってこない場所があって、花がたくさん咲《さ》き、氷のように冷《つめ》たい小川も流れていました。小川のほとりには、べつの国の言葉で「ライオンの歯」ともよばれるタンポポが咲き、石のうえには青い小花がたれています。ヒナギクも生え、名前を知らないからこそ、美しく思える花もたくさん咲いていました。

けれども、そのなかに、花たちでさえ名前を知らない植物がの芽《め》がひとつありました。その植物は、ぐんぐん丈《たけ》をのばし、ほかの花よりずっと大きくなりました。それはそれはふしぎな植物で、この土地のものではありませんでした。

この土地生まれでないものは、ほかにもいました。二匹《ひき》のヤギを連《つ》れた、十二歳《さい》ぐらいの女の子です。女の子は人目につかない小屋に住み、ヤギたちはじょうぶなひもでつながれていました。週に一度だけ、その子はパンを取りにふもとにおりましたが、あとはヤギの乳《ちち》を飲んで暮《く》らしていました。女の子は毎日、ふしぎな花の横にすわって歌をうたいました。楽しい歌もあれば、悲しい歌もありました。

かつて　あなたが　歩くのに使っていた足
今は　深く　深く　ささったまま
あなたは　足が　速かった　ほんとうに　速かった
でも今は　昼も夜も　立ったまま
わたしは　夏じゅう　見張《みは》って　待っている
もどって　もどってきて　ああ　わたしの　もとに

その植物はつぼみをつけ、ある日、花を咲《さ》かせました。女の子は、花のまわりでスキップし、それまでなかったほどうれしそうな顔をしました。そのころ、牧場《ぼくじょう》には派手《はで》な色のチョウチョも何匹《びき》か姿《すがた》を見せました。チョウチョはタンポポやフジ、ヒナギクにとまろうとしましたが、一匹《びき》もふしぎな花にとまろうとはしません。まるで、ほんとうの花ではないと、知っているようでした。

ここなら　安心　人も　ヤギも　こないから
見わたすかぎり　だあれも　いない
そこの　二匹《ひき》は　ひもに　つながれ
三匹《びき》めの　わたしは　あなたと　いっしょ

女の子は草のなかで踊《おど》ってうたいましたが、そのとき石のかけらがバラバラとしたにころがっていく音がしました。崖《がけ》のうえにある牧場《ぼくじょう》のはしに、手が一本、つづいてもう一本見え、顔があらわれ、最後《さいご》には、はあはあしながらよじのぼってくる男の人の体がぜんぶ見えました。それは、押《お》し花用に山の草花を集めている人で、めずらしい種類《しゅるい》のものがいちばん好《す》きでした。

「おっ」と、知らないおじさんはぶつぶついいました。

「きゃあ、あっちにいって！」

「あの花は、きみの？」その人がたずねたので、女の子は「ええ」と大声で答えました。

「なんて名前の花？　ぼくの知らない花だ」

「わたしは知ってるわ」と女の子はさけび、花を守るように両腕《りょううで》を広げました。「これはわたしのもの。あなたのじゃない、ノジャナイっていう花なの」

「野生の花は、だれのものでもないんだ」と、男の人はいい、ポケットナイフを取りだします。

女の子は悲鳴をあげようとしましたが、そのときとつぜん、はらはらと雨がふりはじめました。雨といっても水のしずくではなく、チョウチョの雨です。

　何千、何万ものチョウチョが、あらゆる方向からひらひらとあらわれ、男の人のうえにとまろうとしました。腕、足、おなか、胸《むね》。髪《かみ》にも、ほほにも耳にも、そして目のうえにも。もはや花を見るどころではなくなり、追いはらうたび、新しいチョウチョが飛《と》んできました。男の人は、すばらしい色の羽をまとった「チョウおじさん」となりました。見かけは皇帝《こうてい》やおとぎ話の王子さまのようにりっぱでしたが、行動といったら、おろか者のようで、はねたり踊《おど》ったりさ

けんだりしています。

でもチョウチョは、そんなことにはおかまいなしに、男の人にずっととまっているか、雲のようにまわりを取りかこんでいました。とうとう男の人が悲鳴をあげながら走り去っていくとき、チョウチョたちが燃《も》えるようにかがやいたので、山をくだって飛《と》んでいく竜《りゅう》のように見えました。

男の人は二度とあらわれず、チョウチョたちも、もどってきませんでした。

花《はな》は咲《さ》きおわると、種《たね》を残《のこ》しました。女の子はその種を取りだすと、ヤギたちを連《つ》れて、牧場《ぼくじょう》からふもとへおりていきました。こんな歌をうたいながら。

ここは　安心　そう　思っていたわ
あなたの花びらは　枯《か》れないと
ああ　だれか　わたしに　教えて
どこで　あなたの根っこが　足になるのか

「そんなこと、あるはずないわ！」ヤリックの話が終わったとたん、エイプセがさけびました。

「あるはずないわ、生きているチョウチョの服なんて。そんな話、アタシは信《しん》じませんよう」

「だけど、ほんとうにあった話なんだ」ヤリックはいいます。

エイプセは、いすからぴょんと立ちあがりました。

「じゃあ、アタシもほしい。ひと晩《ばん》じゅう、アタシのまわりではばたく、生きているチョウチョのドレスがほしい。頭にもチョウチョの冠《かんむり》をのせるの。その牧場《ぼくじょう》がどこにあるか、すぐに教えてちょうだい。アタシ、そこへいってくる」

「アリャススがどこに住んでいるのか、教えてくれたら」と、ヤリックは大声でいいます。

「牧場が先よ！」と、エイプセもさけび、かんしゃくを起こした子どものように、足をふみ鳴らしました。

ヤリックは首を横にふって、いいました。

「あの牧場に、チョウチョはもういない。でも、もしかしたら、こっちにくるかもしれないよ。今すぐってわけじゃないけど。あの子を見つけたら、ぼくがきっと、チョウチョをさがしてきてあげよう」

「あの子って？」と、エイプセがききます。

「……ぼくがさがしている女の子のことだ」ヤリックは答えました。

「女の子」エイプセは、ぼそっとつぶやき、ぼんやりあたりを見まわしました。「女の子なら、おぼえてる。この部屋《へや》にいた。アタシの髪《かみ》をきれいにしてくれた。ずっと、ずうっとまえだけれど。ブラシやくしで髪をとかし、アタシは若《わか》くてきれいだった……」

ヤリックは年取ったエイプセを見て、「どこにいけばアリャススが見つかるか、教えてくれよ」と、せまりました。「そこに、ぼくのさがしている女の子がいるはずなんだ」

「あの子は、アタシにやさしかった。とってもやさしくて……」

エイプセは、ぼんやりとつぶやいています。

ヤリックは立ちあがり、エイプセを激《はげ》しくゆさぶりました。

「魔法使《まほうつか》いだよ！　年寄《としよ》りの魔法使いだ。どこに住んでいるか、今すぐいわなければ、銀の男を連《つ》れてくるぞ」

「やめて！　やめて！」エイプセはヒイヒイとわめき、ふるえながら、がくりとひざをつきました。「そこの橋をわたったら、通りを進んで左にまがり、二、三軒《けん》目のひどく背《せ》の低《ひく》いドアがあるところよ。銀の男はやめて！」

「やっと教えてくれたね」と、ヤリック。

「やめて、銀の男は連れてこないで！」

「やめるよ、そんなことはしない」

エイプセは立ちあがると、よろめきながら、ヤリックのあとを追ってドアまでいきました。そして、泣《な》きそうな声でききます。

「じゃあ、アタシは、チョウチョをもらえるの？」

「みんなに、見せびらかすんじゃなけりゃね」

ヤリックはそう答えると、エイプセが教えた方向へむかっていきました。

でも、その道でよかったのでしょうか？

第十章　影《かげ》

コビトノアイが歩いている通りはだんだんせまくなり、そのへんは、まるで町そのものがひとまわり小さく作られているようでした。ならんでいる家々はさっきよりもっと古く、ぼろぼろで、背《せ》ばかり高くなっているように思えました。

小さな広場をよこぎっていくたび、半開きの門やドアが見えましたが、なかに人がいたことはなく、だれかが出てくる気配《けはい》もありません。

道は正しいのでしょうか、それとも、まちがっているのでしょうか？

広々とした場所がないので、塔《とう》がのぞいて見えることもありません。

――この町のなかを、人が歩いていたらいいのに。そしたら、少なくとも道をきけたのに。

コビトノアイは、カツン、タン、カツン、タンと、銀のくつをかたほうだけはいて、さらにさまよいました。ときどき立ち止まって耳をすましましたが、なんの音もしません。

家のドアをたたいて道をきこうかと思いましたが、その勇気《ゆうき》もなく、また歩きはじめました。と、そのとき、はっとして立ち止まりました。どこかで、すすり泣《な》く声が聞こえます。コビトノアイは足音をしのばせ、そっと近づきました。泣き声は、少し先のせまい路地《ろじ》から聞こえてきます。用心して路地の角《かど》からのぞくと、すわっている男の子が見えました。といっても、実際《じっさい》に見えたのは、暗い玄関《げんかん》ポーチのいちばん下の段《だん》にのせた小さな足と、ひじだけでした。その子はひざにひじをついて、うずくまっていたからです。でも、たしかにすすり泣いています。コビトノアイは男の子のほうへいき、声をかけました。

「いったい、どうしたの?」

男の子はしゃくりあげ、「こわいんだ」と小声でいうと、またしゃくりあげました。

「わたしもちょっとこわいわ。でも、泣いたって、こわいのは直らないのよ」

コビトアイはそういって、ハンカチを取りだしました。

「さあ、これでふいたら」

「泣かなくたって、こわいんだ。ここには、だあれもいないから」

涙《なみだ》をふきふき、男の子は答えました。

「でも、ほら、わたしがいるでしょ」コビトノアイはいいます。

「ぼく、ずっと、おねえさんのそばにいていいの？」

「それはむりだと思うわ」コビトノアイはそういうと、暗い階段《かいだん》の、男の子のとなりにすわりました。「わたし、先へいかなくちゃいけないの」

「どこへいくの？」男の子がききます。

「ガラゴロン時計のついた古い塔《とう》のところへ」

男の子はなにも返事をしないで、ぶるぶるふるえていました。

「その時計が、どこにあるか知ってる？」コビトノアイがきくと、男の子は答えました。

「ここにいれば、音が聞こえるよ」

「そんなに近いの？」

男の子はうなずきました。

「ぼうやは、ここにひとりで住んでるの？」

男の子は、もう一度うなずきます。

「じゃあ、お父さんやお母さんは？」

男の子はだまってしまい、そのあと、ぼそっといいました。

「わかんない」

「いったい、ぼうやは、どこからきたの？」

「むかしから」と、その子は答えます。

コビトノアイは、男の子に腕《うで》をまわしました。「ねえ、ぼうや。めんどうを見てくれる人はいないの？　それに、どうやってここにきたの？　ひとりでなにをしてるの？」

「ぼく、こわいんだ」と、男の子はいいました。「いっつも、こわいの。まえは、大人《おとな》だけしか住んでないコワイコワイ国にいたの。でも、この町にはだあれもいなくて、いるのは影《かげ》たちだけなの。影たちが毎晩《まいばん》、壁《かべ》や廊下《ろうか》から姿《すがた》をあらわすんだ。影はギシギシ音をたてるから、すごくこわいんだよ」

男の子はガタガタふるえ、コビトノアイに体をすりよせました。

「おねえさんは、ぼくのそばにいてくれないの？」

「じゃあ、ちょっとだけよ。あのガラゴロン時計が鳴るまで。鐘《かね》が鳴ったら、わたし、どうしてもいかなくちゃいけないの」

男の子はコビトノアイに、ぎゅっとしがみつきました。

「やだ、やだよ！　鳴ったら、いっちゃいけない。鳴ってもいかないで」

「時計がこわいの？」コビトノアイはたずねます。

返事はなく、男の子はさらに固《かた》くしがみついてきました。コビトノアイには、小さな体がふるえているのがわかりました。

「じゃあ、むかしのことを話してちょうだい。ぼうやの名前は？」

「むかし？　ぼく、そのころはおうちに住んでたんだ」

男の子はいい、こんな話を始めたのでした。

コワイコワイ国の物語

ぼくの名前は、ムフ。まえは屋根裏《やねうら》で眠《ねむ》っていたよ。大人《おとな》たちが、ぼくをベッドに連《つ》れてってくれた。そのあと、大人は階段《かいだん》をおりていなくなり、そうすると、影《かげ》たちがやってくるんだ。ベッドのしたからワニがあらわれ、たんすの裏にはギシギシ動くどろぼうが、戸棚《とだな》のなかには悪者《わるもの》がいた。天井《てんじょう》には乱暴者《らんぼうもの》の鳥がとまってて、その大きさといったら、部屋《へや》じゅうおおっちゃうぐらいなんだ。そして、どろぼうはすみっこから出てきて、悪者は戸棚の戸を押《お》し開け、部屋のまんなかに立つ。でもね、みんな影のなかにいるから、目に見えないんだよ。

ぼくが明かりをつけると、べつの部屋がすぐにひょいとあらわれる。戸棚は閉《し》まってるし、天井にはなんにもいない。

すると、大人たちがしたからやってくる。「どうして、明かりをつけるんだい」と、みんながきく。

「ぼく、こわいの」

大人《おとな》たちは戸棚《とだな》を開けたり、ベッドのしたをのぞいたりしてくれた。

「ほらね？　なんにもないだろ」

明かりが消され、大人たちは階段《かいだん》をおりていなくなる。

そうすると、またべつの、さっきの部屋《へや》にもどるんだ。悪者《わるもの》はもっと悪くなっている。ぼくはこわくて、ベッドから出られない。だって、ワニに足をかまれるかもしれないし、どろぼうにつねられるかもしれないもの。悪者に連《つ》れていかれちゃうかもしれない。

でも、ぼくはベッドからとびだして、大きな鳥に追いかけられながら階段のほうまで走る。したには明かりがついてるから、階段はちょっと明るい。影《かげ》たちは、そこにはこられないんだ。ぼくはいちばんうえの段に立ったまま、ずっとしたの、大人たちの世界のようすをうかがっている。だけど、ぼくはそこにいっちゃいけなかったし、ぼくのうしろには、影たちがいたんだ。

昼間は、学校にいかなくちゃいけなかった。学校には大きな子ばかりいて、ぼくを地面にぎゅうぎゅう押《お》しつけた。ぼくは、「言ふ」とか「買ふ」とか、「ふ」のついたむかしの字ばっかり書かなくちゃいけなくて、細くなったり、太くなったり、上にいったり下にいったりする「ふ」の字がこわかった。それに、ノートには大人が書いたお手本がひとつしかないの。点があって、くるんと長いむちみたいな線、そしてまた左右にふたつも点があるんだ。こわかった。

算数もしなくちゃいけないんだけど、ぼくは数字がこわかった。四角いマスにぴったり入らないといけないし、数字の「3」は女の先生にそっくりなんだ。先生は、目の代わりにメガネをかけてて、ぼくは「7＋3」の答えをきかれたとき、こわくなって、「11」って答えた。だって、7と11のあいだには、8、9、10とすきまが「3」つ、開《あ》いてるよね？　そう思ったんだ。

「ウィムは棒《ぼう》を持っています」っていう文を、読む練習もしなくちゃいけなかった。だけどウィムは、ぜんぜん棒なんか持ってない。持ってるのはいじわるな爪《つめ》で、それでぼくのふとももをつねるんだ。ぼくは「いたいっ」ってさけび声をあげ、罰《ばつ》として、大きな子でいっぱいのクラスのすみっこに、うしろむきで立たされる。すわってるみんながゲラゲラ笑《わら》い、ぼくは、ズボンをはかないで立っている気分になった。

ある晩《ばん》、ぼくは銀色の男の人がふたり出てくる夢《ゆめ》を見た。ふたりは大人《おとな》だったけれど、こわくなかった。ぼくは、いっしょにいってもいいっていわれ、見たことないほどきれいな庭についたんだ。お日さまでぽかぽかと暖《あたた》かい草の生えた山があり、チッチッと鳴く生き物もいて、ちっちゃな紫《むらさき》色の花が咲《さ》き、木々には茂《しげ》った葉っぱがサワサワと鳴り、いいにおいのするバラも生え、庭に入っちゃいけないっていう大人たちは、どこにもいなかった。なにをしてもいいし、学校にいかなくてもよかった。だけど、ぼくが目をさますと銀の男の人たちは消えてて、庭も消えてた。そして、ぼくはここにすわってたの。だあれもいないのに、影《かげ》たちだけはいるんだ。影は毎晩やってきて、なかには、ずりずりとはいまわるのや、爪でひっかこうとするやつもいるんだよ。明かりもつけられないの、ここには明かりがないから。でも、おねえさんがぼくのそばにいてくれたら、もうこわくないよ。


ムフという男の子はそこで言葉を切ると、すがるような目でコビトノアイを見つめました。

「とっても、すてきな夢《ゆめ》だったのね。ぼうや、その銀色の人たちを、今でもたまに見る？」

「あの人たち、ほんとにいるんだ」と、ムフはいいました。

「たぶん、そうね。ぼうやは、その庭がどこにあるかわかる？」

男の子は首を横にふり、「でも、そこにいけたらいいなって思う」と、コビトノアイにいいます。

「わたしもよ。わたしも庭をさがしてるの。あのね、もしその庭を見つけたら、ぼうやを迎《むか》えにくるわ。そして、ふたりでいっしょに庭にいきましょうよ」

「今すぐでかけよう。ぼく、さがすのを手伝《てつだ》ってあげる」

コビトノアイは首を横にふり、「そういうわけにはいかないの」と、いいました。「だけど、こうしましょう。あとで、わたしがベッドに連《つ》れていってあげる。そして、ぼうやが眠《ねむ》るまで、そばにすわっててあげるわ」

あたりがうす暗くなると、コビトノアイはムフを連れて建物《たてもの》のなかに入り、ベッドのおいてある小さな部屋《へや》にいきました。ムフが服をぬいで毛布《もうふ》のしたにもぐりこむと、コビトノアイは足もとにすわってやりましたが、そのあいだにも、影《かげ》たちは廊下《ろうか》や壁《かべ》からゆっくり外にはいだしてくるのでした。

「わたしがここにすわっててあげるから、ぐっすりおやすみなさい」と、コビトノアイはいいます。そして男の子のほうに体を寄《よ》せて、ひたいにおやすみのキスをしてやりました。ムフはコビトノアイの首もとに抱《だ》きつき、「服のしたになにをつけてるの？」と、ききました。

「鎖《くさり》のついたペンダントよ」

「金の？」ムフがききます。

「銀の」コビトノアイがいうと、ムフはさらにたずねました。

「銀の人たちのペンダント？」

「いいえ……そんなんじゃなくて……」

「だけどおねえさんは、銀のくつもはいてるよ。かたっぽだけなの？　おねえさんも、銀の人たちの仲間？」

「まあ、ちがうわ。でも、銀は同じ。同じところで生まれた銀なの。それぞれちがう道をたどってしまったけれど」と、コビトノアイはいいました。

「へえ。じゃあさ、ペンダントにはなにが入ってるの？」

「ひみつ」コビトノアイは、そういいました。

「そのひみつを教えて」と、男の子はいいます。

「これは、だれにも話せないの」

「見せてくれない？　なにか、きれいなもの？」

「見せられないの。さ、おやすみなさい」

「おねえさんは、ほっぺたになにつけてるの？　だれかがつねったの？」

男の子がきいたので、コビトノアイは答えました。

「ええ。とってもひどくね。でも、もう痛《いた》くないわ」

「ぼく、おねえさんが好《す》きだよ」と、男の子はいい、コビトノアイのその黒い跡《あと》にやさしくキスしました。「これで治《なお》った？」

コビトノアイは胸《むね》がいっぱいになって、答えることができません。ひたいをなでてやると、男の子はベッドに横になり、そのあと、コビトノアイは、静《しず》かに歌をうたってやりました。

おやすみ　ムフ
ぐっすりおやすみ　ムフ
もう　夢《ゆめ》を見る　時間だから

じゃあね　こわがりの　ぼうや
ずっと　こわくて　たまらなかった　ぼうや
でも　いつかまた　花の庭に　いくでしょう
おやすみ　ムフ
わたしは　もどってくるから　ムフ
長いこと　さがしている　愛《あい》する人を連《つ》れて

歌が終わったとき、暗い音をひびかせてガラゴロン時計の鐘《かね》が鳴りはじめ、コビトノアイは、はじかれたように立ちあがりました。ほんのしばらくムフのひたいのうえに手をのせて、眠《ねむ》っていることをたしかめると、部屋《へや》をはなれ、廊下《ろうか》をぬけて通りに出ました。そして、鐘のひびく方向へ走っていきます。古い塔《とう》は、それほど遠くないはずです。

けれども、角《かど》をまがったちょうどそのとき、うしろでだれかの声が聞こえました。ぼんやりと聞きおぼえのある声が、自分の名前をよんでいたのです。その声は通りにこだまし、ガラゴロン時計のひびきと混《ま》じりあいました。「コビトノアイ、コビトノアイ、帰っておいで！」という声と同時に、銀色の強い光がぴかっと見え、もう一度声が聞こえたときには、くぐもったさけびになっていました。

コビトノアイはふりかえらず、わけのわからない銀の姿《すがた》に追われて、走りつづけます。つぎの角《かど》をまがったとき、ガラゴロン時計の鐘《かね》があざやかに聞こえ、灰色《はいいろ》の夜の空に、高い塔《とう》が黒々《くろぐろ》と浮《う》かびあがっていました。走っても走ってもむかい風のなかをいくようで、なかなかまえに進みませんが、それでもついに塔の入口につきました。

コビトノアイがドアを押《お》してみると……開きました。足でさぐると、したの丸天井《まるてんじょう》の部屋《へや》へとつづく階段《かいだん》の、最初《さいしょ》の段が見つかりました。ドアをうしろ手に閉《し》めたとたん、ガシャーンと重い音がして錠《じょう》がおりてしまいました。錠ばかりかドアの鎖《くさり》まで、ジャラジャランとひとりでにかかってしまったのです。コビトノアイは、ふうっと息をつきました。

それから、ひと足、またひと足と、真っ暗やみのなか石段をおりていきました。ずっとうえのほうでは、ガラゴロン時計の最後の音が消えていきます。

三月の春分の鐘が、失《うしな》われたドールの町で鳴りおわったとき。ムフというこわがりのぼうやがいるせまい通りには、男がひとり立っていました。走っているようにかた足をあげたまま、石の像《ぞう》になっていて、なにかさけんでいる形で口は開いていました。

さけんだのは歌でしょうか？　男は、リュートを手に持っていたからです。

それは、七本の弦《げん》のついたリュートでした。

第十一章　古い塔《とう》

石段《いしだん》のしたは長い廊下《ろうか》になっていて、明かりといえば、くすぶるロウソクが一本ついているだけでした。コビトノアイがその廊下をぬけると、木のドアがありました。トントン、とたたいてみても、返事がありません。ドアをそうっと開けてみました。すると大きな部屋《へや》が見え、まんなかには書類《しょるい》や本でいっぱいの大きな机《つくえ》がひとつ、机のうえにはランプもおいてあります。むこうに高い背《せ》もたれのついたいすがあり、そのいすに、だれかがまえかがみになってすわり、なにか読んでいました。

いったい、だれなのでしょう？

そのだれかさんは、年を取っているのか、メガネをかけていて頭はつるつる、耳はなく両目はとびだしていて、おまけに太い首をしていました。

コビトノアイがドアを閉《し》めると、年寄《としよ》りのだれかさんは顔をあげました。

「おやおや。そこにいるのはだれだい？　近くへおいで、かわいい子ちゃん」と、話しかけてきます。

コビトノアイはおそるおそる、まえに出ました。

「わたしは、コビトノアイです。魔法使《まほうつか》いのアリャススから聞いて、ここにきました」

「なあるほど！」年寄りはいい、いすをちょっと横にずらしてうしろにもたれかかると、コビトノアイを頭のてっぺんからつまさきまで、ぎょろりとながめました。

「ほうほう、なんてかわいい若葉《わかば》ちゃんだろう。この孤独《こどく》な暮《く》らしをなぐさめてくれる。くつはかたっぽだけなのかい？　しかも、おやおや、銀のくつとは！」

コビトノアイは早口でいいました。

「わたし、ドールの庭をさがしているんです。アリャススが、あなたなら助けてくれるかもしれないって」

年寄りはメガネをはずすと、おかしな笑《わら》い声をあげました。

「グッ、グッ、グェー！　なんてむじゃきな子だろう！」

目玉は、ちょっと黄色がかったビー玉にそっくりで、コビトノアイは、その目玉が顔からころがり落ちたらどうしようかと心配になりました。

「いっしょにおいで」年寄《としよ》りはそういって、コビトノアイの手をひっつかむと、がにまたのよちよち歩きで、すみっこのソファーに連《つ》れていきました。

「さあ」年寄りは、あともうちょっとで体がくっつくほど近くにすわり、自分の手でコビトノアイの手をにぎりしめました。温かいようで、ひんやりしている手でした。

そして、「こんなかわいい子が、そんなことをきくなんて」とささやくと、体をまげてコビトノアイにおおいかぶさり、話す息がコビトノアイの耳にかかるほど顔を寄せたのです。

「だあれも入れない庭のなかで、かたっぽだけ銀のくつをはいた若葉《わかば》ちゃんが、なにをさがすんだね？　うん？　話してごらん」

コビトノアイは、年寄りをじっくり見つめました。そしてとつぜん、相手が、年寄りの正体《しょうたい》が、ヒキガエルだと気がついたのです。

「ぶるぶるふるえる若葉ちゃんよ！　このあわれな年寄りのフロップのことを、こわがらんでくれ。フロップは、ほんとにひとりぼっちなんだ。本でいっぱいの地下室にいるさみしい年寄りなんだ。お客なんてきたことがない。おいで、キスしておくれ」

コビトノアイは、いやがりました。

「おやおや、キスしたくないんだと！　でも、おたくは、しょっちゅうキスされてるはずだ、ほっぺたにそう書いてあるもの。フロップはメガネがなくても、ようーく目が見えるんだ」

「キスしてあげたら、どこで庭が見つかるか教えてくれますか？」コビトノアイはききます。

「グッ、グッ、グエェー！」年寄《としよ》りガエルがへんな声をあげて喜《よろこ》んだので、ぶよぶよのおなかがゆれました。「庭だと！　そんなものがあるって、どうしてわかる？　だれが、おたくにそんな話をしたんだ？」

「ああ、それはもういろんな人が」と、コビトノアイは答えました。

「ゲッ、ゲッ」と、フロップはうたぐるようにいいます。「信《しん》じるもんか。ぶるぶるふるえる若《わか》葉《ば》ちゃんは、なにかかくしてるんだ。そうだろ、話してごらん」

ひとことというたび、ヒキガエルは、まだにぎっているコビトノアイの手をなんどもちょこっ、ちょこっとつねるのでした。

「おたくにどんな秘密《ひみつ》があるのか、話してごらん」

コビトノアイはいいました。

「あっ、ええっ、そう。『ドールの庭にいけば、世界じゅうでいちばん美しい花々が見つかるよ』って聞いたんです」

「あああっ！」と、ヒキガエルはさけびました。「それで、おたくは、ただ花を摘《つ》もうと、なんでもないふりでこの失《うしな》われた町にやってきて、大好《だいす》きなおばあちゃんに会うみたいに、フロップのところをたずねてきたってわけ？」

コビトノアイは答えず、少しして、静《しず》かな声でたずねました。

「この町は、いったいどうなってるんですか？　なにが起こったんですか？　オディシアってだれ？　そのオディシアはどうやって、なにもかも灰色《はいいろ》にして、庭もぜんぶ消しちゃったの？　それを話してくれれば、わたしも秘密《ひみつ》を話します」

「おやおや」と、フロップはいいました。「オディシアね！　……ゲッ、ゲッ、おいぼれアリャススが魔法《まほう》の話をしたんだな。アリャススもおたくにキスしたのか？」

コビトノアイはうなずきました。「さよならのときに」

年寄《としよ》りガエルは、にやにやしています。両目を糸みたいに細めて、その目の奥《おく》からコビトノアイをじいっと見つめていました。

「かわいい、すべすべのほっぺちゃん。フロップの孤独《こどく》な暮《く》らしに、なんというなぐさめだろう」

ヒキガエルは、コビトノアイのうえに体をかがめました。それでコビトノアイは、よだれでべとべとの口や、ほほについた固《かた》いイボイボ、それに目のなかの冷《つめ》たい炎《ほのお》まで見てしまい、思わず体を押《お》しのけました。

「まず、わたしに、ドールの町や庭の話をしてちょうだい。そしたらキスしていいわ。さよならのときに、一回だけ」

フロップは、不満《ふまん》そうに大声を出しました。

「たったの一回だけ？　さみしい年寄《としよ》りだというのに？　いいや、おたくは、そんなにおかたくないだろう。かわいい若葉《わかば》ちゃん、じゃあこうしよう。おいで」

フロップはソファから立ちあがると、コビトノアイを連《つ》れて歩きだしました。

「ぜんぶ、見せてあげよう、おたくが知りたいことを、すっかりぜんぶ」

フロップはドアを開けて、コビトノアイに本でいっぱいの部屋《へや》を見せました。壁《かべ》にそって立ちならぶ本棚《ほんだな》には、どれもぎっしり本がつまっています。

「ドールオディシアの年代記だ」と、フロップはいいました。「ぜーんぶ読んでいい。一冊《さつ》読みおわるたびに、キス一回だ」

コビトノアイは、ふるえあがりました。「でも、これをぜんぶ読む時間なんてないわ」

「じゃあ、ゲームしよう！」と、ヒキガエルが目をぎらぎらさせてさけびました。「いいかい、ゲームだぞ。フロップがここから七冊選《えら》びだす。おたくがそれを――ああ――かわいい声で読み聞かせてくれ、さがしものが見つかるまでつづけるんだ。そして一冊読みおわるたび……」フロップは、指で本をなでながら棚から棚へとびまわり、あっちこっちから一冊ずつ取りだしました。

そして腕《うで》に七冊の山をかかえて、コビトノアイのところにもどってきたのです。

「ほら、おたくのさがしている本は、このなかにあるはずだ。選んでみたら！」

コビトノアイは、いちばんしたにある本を指さしました。

「ああそれか！　こっちにきて読んでおくれ」フロップは、にやっとしました。

それから、コビトノアイをまたソファへ連《つ》れていって自分の横にすわらせ、その一冊《さつ》をわたして、ほかの本をうしろにやりました。そうしてランプを引きよせると、目を閉《と》じたのです。

「さあ読んで。おたくのかわいい口から、中身を聞きたいんだ」

フロップはかすれ声でいいました。

コビトノアイはひざのうえに本をおき、ページを開きました。「三の年の年代記」と書いてあり、そのしたに題名がありました。

コビトノアイは、ふるえる声で読みはじめます。

エリブーとフナザバールのきたない歴史《れきし》

ドールオディシアの最盛期《さいせいき》には、ひとつの詩があった。たいへん困《こま》った事件《じけん》がくっついていなければ、その詩はまちがいなく失《うしな》われていただろうが、公平な立場から、ここに記録《きろく》しないわけにはいかない。

エリブーと　フナザバール

ふたりは　ばかでっかい巨人《きょじん》
三輪《りん》の荷車《にぐるま》で　売っていたのは
ぺらぺらクッキーと　しゅわしゅわソーダ

美しい三の年のある晴れた朝のこと。ドールオディシアの早起きの子どもたちが学校へ歩いていく途中《とちゅう》、中央広場で、実《じつ》に恥《は》ずかしい騒《さわ》ぎが持ちあがった。子どもたちのさけび声、よび声、悲鳴、それに下品《げひん》な笑《わら》い声が家々にこだまし、働《はたら》き者の町の住民《じゅうみん》たちを起こしたのだ。みんなは自分の耳を信《しん》じられなかった。子どもたちが、広場じゅうにひびく声で、ふたつの〝言葉〟をいっせいに元気よく唱《とな》えていたからだ。それは小声でいうことだって許《ゆる》されていない、きたない言葉だった。

校長先生とパン屋のおかみさんが、広場に真っ先にとんできた。「こらあっ、恥ずかしい、やめなさい！」そうどなったけれど、子どもたちは「だって書いてある、書いてあるもん！」とさけび、役場《やくば》の正面《しょうめん》の壁《かべ》と、むかい側《がわ》に建《た》つ劇場《げきじょう》の正面の壁を指さした。するとなるほど、それぞれの壁のうえのほうに、ふたつのきたない〝言葉〟が、見事な飾《かざ》り文字で書かれているではないか。まるで、なにかの広告《こうこく》みたいだった。

「いったいだれがやったんだ？　恥知《はじし》らずめ！」

校長先生が大声でいうと、子どもたちはさけんだ。

「ぼくたちじゃありません、ありませーん！　大人《おとな》がやったんだ、ぼくたち、あそこには手が届《とど》かないもーん」

広場にいた人たちは追いはらわれ、子どもたちは学校に追いやられ、すぐさま評議会《ひょうぎかい》のメンバーが集められた。いったい、だれがやったんだろう？　けれども、〝言葉〟は大人にも手が届かないところに書いてあった。だれかが、ものすごく長いはしごを運んできて字を書いたのなら、物音でみんな目を覚《さ》ましたはずではないか？

「とにかく、あれを消さないと」

ということで、ネズミ駆除《くじょ》・煙排除《けむりはいじょ》・お化《ば》け退治《たいじ》の専門家《せんもんか》、ウェーデルハルス兄弟がよばれ、ふたつの壁《かべ》をきれいにする仕事を引きうけた。ふたりは、はしごのうえにのぼって、こすったり、削《けず》ったり、ブラシでごしごししたり、せっけんをぶくぶくつけたり、ひっかいたり、洗《あら》ったりしはじめた。けれども十二時になって、家でお昼を食べに子どもたちが学校から出てくると、例《れい》の〝言葉〟を唱《とな》える声がまたいっせいにひびいたのだ。あの字は消えていなかった。

「なにか手を打たないと、この町の道徳《どうとく》が台なしになってしまう」と、町長さん。

「うえに金箔《きんぱく》をかけて、かくす手もありますよ」と、ウェーデルハルス兄弟は提案《ていあん》してみた。で、すぐに実行《じっこう》された。

けれども、子どもたちは四時に学校から出てくると、こうさけんだ。

「きれいな金《きん》ピカ、きれいな金ピカ！」それからまた、あのきたない〝言葉〟を唱《とな》えるのだった。

なぜなら、あの字は金箔《きんぱく》をはっても、ピカピカ透《す》けて見えたからだ。

広場は、立ち入り禁止《きんし》となった。

「なにかいい案《あん》は？」と、町長さんがたずねる。

語学の先生が、さっと手をあげた。「芸術家《げいじゅつか》にあの字を変《か》えさせましょう。〝シ〟という字から〝ジ〟という字を作れます。まんなかに〝と〟も足したら、ごくふつうの品のいい、〝ジョンとベン〟という名前になりますよ」

拍手《はくしゅ》がわいた。

「で、もうひとつの言葉は？　たとえば〝ベン〟の〝ン〟をどうしたら？」

「やっぱり、〝シ〟ですよ！　〝ベシ〟っていうのも、品がいいから」

芸術家がよびだされ、「最初《さいしょ》の言葉の、飾《かざ》り文字の〝シ〟は、〝ジ〟にちゃんと変えられます」と、いった。「でもね、もうひとつの言葉のほうは、〝ベン〟という言葉をまるごとごまかさないと。飾り文字の〝ベ〟は、たとえば決して〝ペン〟の〝ペ〟にはなりません。それはへぼってもんで。芸術家として、そんないいかげんな仕事はできませんね」

「まあまあ、緊急時《きんきゅうじ》には、芸術もへったくれもないだろ」と、町長さん。

すると語学の先生が「われわれに考えさせてください、われわれに！」とさけび、あごをなでながら、つぶやいた。

「さあてと。〝カイベン〟……〝シュクベン〟……〝ケンベン〟……あの〝ベン〟という言葉を、どう取りつくろったらいいのやら」

すると、詩人が立ちあがった。「その言葉にこんな字を足しましょう！　〝ゴする〟を足したら！」

「〝ゴする〟、〝ゴする〟だって？　〝ゴする〟なんて言葉はないだろう？」と、語学の先生は毒《どく》づいた。「詩の言葉みたいな、とんでもない思いつきをいわれたって、さっぱりわからないんだよ！」

「はっきり見えるんですよ！」と、詩人は目をかがやかせていった。「きたない言葉には手をつけず、わたしのいうように、最初《さいしょ》の二文字と同じように飾《かざ》り文字であとの部分を付《つ》け足せば、わたしたちの劇場《げきじょう》のうえに、この美しい言葉がきらめきます。すなわち〝ベンゴする〟に変《か》えるんですよ」

大きな拍手《はくしゅ》が起こった。

けれども、劇場監督《かんとく》は抗議《こうぎ》した。「まるで、うちの俳優《はいゆう》たちが、いいわけや弁護《べんご》ばかりしてるみたいじゃないか！」かんかんになってそうさけんだが、声はかき消され、人びとは会議《かいぎ》を終えた。

次の朝早く、町の芸術家《げいじゅつか》が、仕事に取りかかった。まず初めに、金箔《きんぱく》をはがし、そのあと、飾《かざ》り文字の〝シ〟を〝ジ〟に変《か》えてまんなかに〝と〟を足した。次に、小鳥のようにはしごの先にちょこんと乗り、劇場《げきじょう》に書かれたもうひとつの言葉のうしろに、新しい字を絵の具で書き足した。その字があんまり大きくなったので、最後《さいご》の〝る〟はイェーングス未亡人《みぼうじん》が住むとなりの家の正《しょう》面《めん》に書くはめになった。なお、それについての経緯《けいい》は、「四の年の年代記」に記述《きじゅつ》する。

その後、この恥《は》ずかしい事件《じけん》の犯人《はんにん》をさがす調査《ちょうさ》が始まった。調査はからまわりしたが、ついにだれかが、その事件の前日、荷車《にぐるま》を引いて町にきた行商人《ぎょうしょうにん》たちのことを思い出した。ふたりの巨人《きょじん》は見あげるほど背《せ》が高く、どっちかがどっちかを肩車《かたぐるま》すれば、あの高さでもきっと筆がとどいただろう、というのだ。

「でも、りっぱな字だったよ、ありゃほんとに」と、芸術家はいう。

そうして残《のこ》ったのが、さっきの詩である。実《じっ》はもう二行あとについていて、子どもたちが、こっそりうたうこともあったという。

エリブーと　フナザバール
ふたりは　ばかでっかい巨人

三輪《りん》の荷車で　売っていたのは
ぺらぺらクッキーと　しゅわしゅわソーダ
それから　ジョンとベンがうまいよと　ベンゴする
おわんに入った　くさーい　どろどろスープ

「ヒッヒッヒ、フッフー！」コビトノアイが本を読みおわったあと、太ったヒキガエルが大笑《おおわら》いしたせいで、ソファー全体がぐらぐらとゆれました。

「実《じつ》に貴重《きちょう》な歴史《れきし》じゃないか！　ああ、しかも、おたくの口から聞けるなんて」と、ヒキガエルのフロップは大声でいいました。

コビトノアイは本を閉《と》じました。

「もっと読んでくれ、かわい子ちゃん、もっと」と、フロップはいいます。

「だめよ。読むのは終わり。わたし、つかれてるんです。眠《ねむ》らせてください」

「ああ、だったら休むがいい、休みなさい」フロップはいそいで立ちあがると、コビトノアイをソファーに寝《ね》かせました。「ぐっすりお休み、かわい子ちゃん、ぐっすり。フロップが見張《みは》ってあげよう」そうささやき、冷《つめ》たいしめった手をコビトノアイのひたいにあてました。

そのあと、太ったヒキガエルは、本を腕《うで》にかかえてのろのろと机《つくえ》のほうへいき、いすにすわりこみました。

コビトノアイは眠《ねむ》ったふりをしながら、考えこんでいました。――あいつは、わたしを二度と外に出してくれないし、さがしている本をぜったいにわたしてくれない。この七冊《さつ》のなかには入ってないわ。

そして年寄《としよ》りのヒキガエルが眠るまで待ち、そのあと図書室にさがしにいこうと決心したのです。本を見つけたら、ここから出る方法《ほうほう》を考えようと、さらに考えながら。

コビトノアイは、首のペンダントに手をやりました。もう時間はあまり残《のこ》されていません。

第十二章　石像《せきぞう》が見た夢《ゆめ》

　ヤリックは、石のように冷《つめ》たくなっています。石なのです。片足《かたあし》を空中に持ちあげて走りながら、口を開けてコビトノアイにさけぶ姿《すがた》で、通りのまんなかにじっと立ちつづけていました。

「この町を出なさい、手遅《ておく》れになるまえに！　きみのさがしものは、ここでは見つからない！」

　けれども、その声は伝《つた》わらず、石になった考えだけが頭のなかをのろのろとめぐっていました。

「なにもかも失《うしな》われた、むだだった。ぼくはここで、なんにもできずに立っている――いつまで、立ってなくちゃいけないんだろう――あの子は、今、わなにはまっている、さがしものをだんだんに忘《わす》れていく。銀の魔法《まほう》にさからえる者なんて、いやしないんだ。銀のくつをはきなさい、あれは役に立つ。だけど、もう、かたほうなくしてしまった。あの子は行っちゃいけないところに行ってしまい、忘れてしまえばいいのに、庭師《にわし》の子が忘れられなかった。野《の》ざらしにしておけばいいのに、種《たね》を持っていったんだ。お城《しろ》の庭はほんとに美しかった、あの子は庭のことが忘《わす》れられない。あそこには花なんか一本も生えていなかったが、こっちの庭は、何千、何万本の花でいっぱいだ。もうどのくらいになるんだろう？　だが、どれもきみのものじゃないし、きみのノジャナイでもない。忘れるがいい。ここからはなれて、このままにしておき、きみは帰るがいい。

しかし、ぼくは、なんのおせっかいをやいてるんだろう？　ぼくはあの子のものじゃない、ぜったいにそうはならない。道化《どうけ》はおせっかいいなんて、しちゃいけないんだ。道化ってのは冗談《じょうだん》をいったり、うたったりして、みんなを笑《わら》わせるほかないんだ。でも、涙《なみだ》は？　涙はいくら乾《かわ》かそうとしても無理《むり》、笑っていれば自然《しぜん》に乾くものさ」

石像《せきぞう》ヤリックのなかでは、さまざまな考えが前や後ろにいったり、左右に動いて重なったりしていましたが、しまいには、ほんとうの話と同じぐらい、あざやかな夢《ゆめ》になっていきました。

花いっぱいの谷の物語――四回目の夏

地面の裂《さ》け目ぐらいせまく、絶壁《ぜっぺき》のようにけわしい谷間がありました。足でくだるより、落っこちたほうが簡単《かんたん》かもしれません。けれども、道化が足を谷間のふちにかけると、足場は意外にしっかりしていて、まるで飛《と》ぶようにくだっていけました。こうして道化は、かくれ谷についたのです。谷には、見たことないほど青々と草が茂《しげ》り、人の目にふれたことのない、鳥たちしか知

らない木々が生えていました。
でも、道化《どうけ》は、庭から出ていったあの小さな女の子が、谷間にいるのを知っていました。見つけたとき、女の子はずいぶん大きくなっていました。オサナゴノミツアミ、アカパジャマ、ヒゲモジャといったとびきり変《か》わった草花のなかにすわっていました。キツネノテブクロ、キンポウゲ、ヒナギク、クローバー、キンギョソウといったおなじみの草花もあれば、オウシノモノモライ、ワスレボウシ、青のマダラ、キンクシャ、アラステキ、それにイトシノマリーなど、ここにしかない花もありました。紫《むらさき》のクロッカスや、クサレダマ、最初《さいしょ》のエリカに最後の青い小花も咲《さ》いています。さらにミツバ

チノコシカケ、スズメバチイジメ、チョウチョノキッスやいいにおいのコアクマ、フナノリノラッパズボンなどが生えていました。

女の子は草の波をゆらす風に吹《ふ》かれながら、花の名前がぜんぶ出てくる歌をうたっていました。風が吹くと、そのたびに、日の光にかがやく何千もの丸い山の尾根《おね》が見えました。そして、花たちはみんな首をゆらし、風のなかで「いいえ」「はい」というのです。「はい」「いいえ」といっせいにゆれ、女の子はそんな花をながめて、ずっとすわっているのでした。目のまえにはもう一輪《りん》、谷じゅうでここにしかないノジャナイの花が咲いていました。

道化《どうけ》は女の子に、「ここはいい場所だから、花をここに残《のこ》しておきなさい」といいましたが、女の子は首を横にふります。なにがいいたいのか、道化《どうけ》にはよくわかりました。でも、女の子をいっしょに連《つ》れて帰るために道化はきたのです。もうこれ以上《いじょう》、家からはなれてちゃいけない、帰らなくちゃと、体を抱《だ》きあげようとしましたが、女の子はまるで山のように重く、持ちあげることはできませんでした。

そうするうちに雨がふりはじめ、秋になりました。花はすべて咲《さ》きおわり、最初《さいしょ》にエリカの花が散《ち》り、最後にオウシノモノモライが散ったあとも、フナノリノラッパズボンの花はぜんぜん散らず、ただ白くなるだけでした。そして、女の子の花は、心臓《しんぞう》に似《に》たハート形の種《たね》をつけました。女の子は種を取りだし、貝の音を聞くように耳にあてました。「まだ死んでないのよ。聞いて」

といい、なるほど、心臓《しんぞう》のトクトクと打つ音がちゃんと聞こえるのでした。女の子が、もし一輪《りん》の花だったら、きっと〝アイノカナシミ〟という名前がついていたでしょう。

道化《どうけ》は、もう一度抱《だ》きあげようとしましたが、そのときになると女の子はまるで羽のように軽くなっていました。道化は谷間のうえまで女の子を連《つ》れていき、せまい裂《さ》け目の入口までのぼると、地面におろしました。女の子が、いっしょにはこないと知っていたからです。お父さまの待っているお城《しろ》にはもどらず、ノジャナイのためにべつの場所をさがしつづけるだろうと、道化は知っていたのでした。

「きみを助けてあげるよ。城にもどって、どこに種《たね》をまくべきなのか、きいてあげよう。ぼくが帰ってくるまで、ここで待っていておくれ」

丘《おか》にはぽっかりとあいた深い洞《どう》くつがあり、そこなら女の子も、冬の雪に苦しめられずに暮《く》らしていけそうでした。道化は女の子をあとに残《のこ》し、ぽたぽたと涙《なみだ》をこぼすように足跡《あしあと》をつけながら、長い道をもどっていきました。

夢《ゆめ》はそこでぷつりととぎれましたが、石像《せきぞう》が目をさましたかどうか、ほかの人にはわかりません。石像は、まえと同じところに立ったまま、まったく身動きしませんでした。

第十三章　千冊《さつ》の年代記

うとうとしていたコビトノアイは、音にはっとして、体を起こしました。丸天井《まるてんじょう》の部屋《へや》は暗くなっていて、テーブルのまえにすわっているヒキガエルが、重たい影《かげ》のように見えます。ヒキガエルは頭をがっくりたらしていました。手は、目のまえにおいてある本の山からはずれています。たぶんコビトノアイは、その手がずるりと落ちたひょうしに、目をさましたのでしょう。

用心深く、静《しず》かに立ちあがったコビトノアイは、ロウソクを持ってドアのほうへそっと歩いていきました。机《つくえ》のうえの本はそのままにしておきました。さがしている本は、きっと、まちがいなく、図書室の棚《たな》にならんでいるはずです。

ドアがギィッときしみましたが、フロップは身動きせず、よだれをたらしながら静かにいびきをかいて眠《ねむ》っていました。

コビトノアイは外へ出て、ドアを閉《し》めました。数えきれない本が、うす暗い図書室にならんでいます。ここから、どうやってさがしだしたらいいのでしょう？

ロウソクを持って本の背《せ》を照《て》らし照らし、歩いていきました。現在《げんざい》から大むかしへと、順番《じゅんばん》にどこまでもならんでいる年代記をたどり、歴史《れきし》の奥深《おくふか》くへと入りこみます。それにしても、オディシアが黒い馬車に乗ってあらわれたのは、どの年なのでしょう？

コビトノアイは、うえの列をもっとよく見ようと、小さな台に乗りました。となりあってならんでいる四冊《さつ》の分厚《ぶあつ》い本は、『巨人《きょじん》の年代記』、『竜《りゅう》の年代記』、『小人の年代記』、そして『魔《ま》女《じょ》の年代記』でした。ロウソクをテーブルにおいてまた台にのぼると、四番目の本を取り、ロウソクの横においてて開きました。ほこりがふわっと顔にあたり、コビトノアイはくしゃみをこらえるのに、あわてて鼻をつまみました。本には「ドールオディシアの町を魔女たちが治《おさ》めていた時代」と、書いてあります。

次のページは目次《もくじ》でした。「1　過去《かこ》の証言《しょうげん》　2　魔女裁判《さいばん》　3　火あぶりの刑《けい》　4　嘆《なげ》きの魔女リーリング　5　第四時代と秘密《ひみつ》の煙《けむり》　6　歩く魔女と空飛《と》ぶ魔女　7　罪《つみ》のない女たち」

コビトノアイは、ページを一枚《まい》めくってみました。

「このような言い伝《つた》えがある。かつて、〝オディシア〟という名のものすごく美しい王妃《おうひ》がいた。王がなくなったのち王妃は女王となり、たったひとりで、自分と同じぐらい美しい都を作り、治めていた。オディシアは都のかた側《がわ》に、自分よりさらに美しい庭をいくつも作らせた。けれどもその庭に花が育つことは望《のぞ》まなかった。ただの一輪《りん》も。女王には新しい夫《おっと》もなく、子どももなく、ひとり身のままだったので、葉っぱが枯《か》れるように自分も枯れるだろうと、考えていた。そこでこの都の名に、『枯れる』という意味の〝ドール〟を足し、〝ドールオディシア〟と名づけた。

女王は、にもかかわらず年を取らなかった。二十五年の統治《とうち》のあいだ、町はびっくりするほど美しかったうえ、にぎやかに栄《さか》え、女王はといえば、町を築《きず》いたその日からまったく変《か》わらないように見えた。

創立《そうりつ》二十五周年の日、町は銀色に飾《かざ》られ、おまつりがもよおされたが、そのあと女王はどこかに消えてしまった。どこに消えたのか、だれにもわからなかった。女王が出ていくところを見た者も、ふたたび女王の姿《すがた》を見かけた者もいなかった。『オディシアは魔女《まじょ》だよ、だから王さまも亡《な》くなったんだし、あいつは年を取らなかったんだ』と、ささやく者もあらわれた。そして人びとは、町そのものや美しい庭が、魔女の代わりに枯れはてるのではないかと心配した。

けれども、月日は過《す》ぎ去り、ドールオディシアはいっそうにぎやかに栄えて大きくなった。人びとは女王のことを忘《わす》れ、その歴史《れきし》は伝説《でんせつ》となり、この物語とのちの時代に町を苦しめた魔女たちの関係《かんけい》をさぐる者はあらわれなかった。ただし、この本に手がかりを求《もと》める者がいれば……」

胸《むね》をどきどきさせながら、コビトノアイは、オディシアの名が出ていないかと目次《もくじ》のページへもどってみましたが、見つけられません。この本には、黒い馬車がやってきたことについてなにも書いていないのでしょうか？　でも、だったら、どこに書いてあるのでしょう？

コビトノアイは本を閉《と》じると、もとの場所にその本をもどしました。そしてまた、ロウソクを手に持って本の背表紙《せびょうし》を照《て》らし、台を少しずつずらしながら、次から次へと本の列を眺《なが》めました。『運河《うんが》と橋』『都の城壁《じょうへき》』『ツェム将軍《しょうぐん》と巨大《きょだい》な大砲《たいほう》ブレンツ』……。

コビトノアイは手を止め、考えこみました。〝ツェム〟と〝ブレンツ〟という名に、聞きおぼえがあったからです。でも、いったいどこで？　年寄《としよ》り兵《へい》のイリ、門番のイリのところで！　イリが、大砲の話や銀の敵《てき》の話をしてくれたのです！　ということは、敵たちは、やはりほかならぬこの町を、占領《せんりょう》していたのでした。銀の男たちの軍隊《ぐんたい》がオディシアの手で送られたこと。オディシアが魔《ま》法《ほう》の稲妻《いなずま》を使って、年寄りの魔法使いの視力《しりょく》を奪《うば》ったこと。魔女の軍隊が、町に呪《のろ》いをかけ、たったひと晩《ばん》で町の命を枯《か》らしてしまったこと。そういったことがすべて、どこかに書かれているのでしょうか。この何千冊《さつ》もある本のどれか一冊に？　そして、その事実《じじつ》を書くことができたのは、いったいだれなのでしょう。まさかフロップが？

コビトノアイは台にすわり、考えこみながら、ロウソクの火をおろしました。さがしている本はいったい、どこにあるのでしょう？　ただ一冊の、特別《とくべつ》に大切な本は、最後《さいご》の最後にならんでいるのでしょうか？　本棚《ほんだな》をひとつひとつ横へ、それから上から下へとながめていたコビトノアイは、急にドキンとしました。あそこの、あの角《かど》のあたりに、ぽつんと光が見えたのです。

今まで見えなかった光、ぼんやりとした小さな光は、まるで、もう一本のロウソクのようでした。コビトノアイがふるえる手を持ちあげると、そのかがやきは、すぐに消えました。魔女《まじょ》のしわざでしょうか？　ロウソクを持った手をおろすと、光がもどってきます。

なにかに反射《はんしゃ》しているのです。

コビトノアイはどきどきしながら、背《せ》すじをのばして立ちあがり、その場へとんでいきました。体をまえにかがめるとまた光がもどります。手に持ったロウソクの光が、一冊《さつ》の本の背表紙《せびょうし》に、きらきらと反射していたからでした。それは小さな本で、ほかの本にはさまれて、奥《おく》のほうにかくれて入っていました。

本を注意深く取りだすと、コビトノアイは机《つくえ》のうえに持っていき、ロウソクの光を寄《よ》せました。

そのとたん、さけび声をあげそうになり、思わず口に手をあてました。

その本は、銀でできていたからです。

外側《そとがわ》にはなにも書いてありませんが、紙でできている中のページには、こう書いてありました。

「『年代記』第千一巻《かん》。失《うしな》われた町ドールについて。永遠《えいえん》の始まり」

コビトノアイがそのページをめくると、目次《もくじ》がありました。「1　復讐《ふくしゅう》の夜　2　逆《ぎゃく》に流れる時間　3　ガラゴロン時計のさだめ　4　ばねのついた壁《かべ》　5　銀の者たちのゆくえ　6　花たちのゆくえ　7　庭につながる場所……」

コビトノアイの指はどうしようもないほどふるえ、最後《さいご》の章をさがすあいだに、ページをくしゃくしゃにしてしまいました。その章を見つけたときには、目のまえの字が踊《おど》っているように感じ、ほとんど読めないぐらいでした。

「庭が枯《か》れることはない。土も植物も、枯れはてはしない。けれども、その晩《ばん》、魔法《まほう》の君《きみ》が、ひとまとめに花にバケンチョヘンシンさせてしまった。ドールオディシアの若者《わかもの》たちは、二度と花咲《さ》くことはないだろう。なぜなら、庭もまた逆《ぎゃく》に流れる時間にしたがっているからで、ガラゴロン時計が鳴るたびに時間が逆まわりを始めるのだ。本来《ほんらい》なら、つぼみがふくらみはじめる三月の春分のときから、九月の秋分へともどっていくため、冬が終わっても、また秋がめぐってくる。こうして暗く灰色《はいいろ》にしずんだ半年が、まるで時計のふりこのように行ったり来たり、行ったり来たり、永遠《えいえん》につづく。魔法の君のたくみな復讐《ふくしゅう》のせいで、冬に種《たね》をまいても、夏のさかりを決して味わうことがない。それに、どの庭も永遠に見えなくなってしまったが、それらはある場所からつながっていて、ばねのついた魔法の壁《かべ》によってかくされ、だんだんぼんやりしたものになっている。バケンチョさせられた者がひとり、ばねじかけの壁のこちら側《がわ》にふれることがあれば、その者が導《みちび》き手となって……」

コビトノアイのうしろで、ドアがギイッときしみました。コビトノアイは、あっというまに銀の本を閉《と》じ、服のあいだにかくしました。

「おやおや」と、フロップのざらついた声が聞こえ、よろよろした足音が近づいてきました。

「なにかをおさがしかい？　あわれな、ひとりぼっちのフロップが居眠《いねむ》りしているすきに、本に鼻をつっこんでいたのかい？　ぶるぶるふるえる、かよわい若葉《わかば》ちゃんが？」

コビトノアイはフロップの鼻からあがる息を首すじに感じて、ふりかえりました。

「わ、わたし、目がさめちゃって」

「ほう！　で、かわい子ちゃんは、そこになにをかくしてるんだ？」

フロップのぶよぶよした指が、コビトノアイの服にふれます。

「なんにも」と、コビトノアイは答え、うしろにさがりました。

「なあんか、音が、トクトクトクトク聞こえるぞ」

「わたしの心臓《しんぞう》の音よ」コビトノアイはそういいました。

「おやおや！　おたくの心臓だって？」フロップは目を、のぞき穴《あな》のように細めました。「ほんとにそうか？」

「じゃあ、なんだっていうの？」

「ピッカピカしてるぞ。なあんか、銀でできたものだ。その白い首の服のしたに」

「わたしのペンダントです」

「なあんか、くっついてるんだがなあ。見せてくれよ、かわい子ちゃん、オレのかわい子ちゃんよ。そのきれいなものを、ちょこっと見せてくれ」

コビトノアイは「だめです。これは、だれにも見せません」と、首を横にふりました。

「秘密《ひみつ》か？　かわいい秘密か？　思い出？　絵や写真かい？　おやおや、好《す》きな人のか？」

そういわれて、コビトノアイは、真っ赤になりました。

フロップはよだれをたらし、さらにいいます。

「トクトクがまだ聞こえるぞ。おたくの心臓《しんぞう》か？　おたくには、心臓がふたつあるのか？　ほうら、トクトク、ドクン、トクトク、ドクンって……」

コビトノアイは目を大きく見開き、フロップを見つめました。

「なんのことをいってるのか、わからないわ。それより本のつづきを読みましょうか？　読みおわったら、わたしにキスしてもいいのよ」

「ああ、キスか！　グッ、グッ、グェー！」ヒキガエルの目は、らんらんとかがやきはじめました。「いっしょに本を読もう」と、フロップはコビトノアイの先に立ち、のそのそと部屋《へや》のソファのほうへ歩いていきました。コビトノアイは、銀の本を服のもっと奥《おく》に押《お》しこみ、涙《なみだ》を飲みこみました。

いったい、どうやったら、このわなから出られるの？　と、思いながら。

第十四章　暗い部屋《へや》

ムフは、ベッドに入ったところでした。暗やみがまたやってくるからです。影《かげ》の最初《さいしょ》の指がすでに壁《かべ》をはいはじめ、まるで窓辺《まどべ》に灰色《はいいろ》のカーテンを閉《し》めたように、外は暗く見えました。

ムフはじっとしています。通路でギシッ、部屋のすみでもギシッと音がします。閉まったままだったドアが動くのが、ムフには、はっきりと見えました。

「だあれもいない」ムフは勇気《ゆうき》をふるいおこし、自分にいいきかせました。「だから、だあれも部屋のなかに入ってこないし、だあれも戸棚《とだな》やベッドのしたから、出てこないんだ」

ムフは寝《ね》たまま背中《せなか》を動かし、ベッドがギコギコとほんとうの音をたててきしむようにゆらしました。そうすれば、不安《ふあん》な気持ちを追いはらえるからです。そのあと、寝《ね》がえりを打って顔を壁のほうにむけ、目をつぶり、「ぼくは魔法《まほう》のベッドで寝てるんだ」と考えはじめました。

——秘密《ひみつ》のボタンを押《お》せば、ベッドはすうっと窓《まど》を越《こ》え（窓も音もなく開いて）、部屋《へや》の外へと飛《と》んでいくんだ。ベッドは町の空高くを飛び、はるか遠くの、こわいものがない山をめざしていく。ぼくはそこに小屋を持っていて、ヒツジやイヌを飼《か》い、その動物たちは、ぼくがきたことを喜《よろこ》んでくれるんだ。動物たちとなかよく草のなかをころがりながら、ぼくは鼻の奥《おく》まで草のにおいを吸《す》いこむ。一羽《わ》のヒバリの鳴き声も聞こえてきて……。

そのとき鳴き声より、ギシッという音がもっと大きく聞こえ、草はあっというまにムフのまくらとなり、山も姿《すがた》を変《か》え、もとどおりの部屋になってしまいました。ギシギシという音は通路のほうからひびいてきて、ドアがまた開いたような気がしました。ほんとうに開いたのでしょうか、それとも影《かげ》のせいで、そう見えただけでしょうか？

ムフはさっとうしろをふりかえり、大きく目を見開いて、暗やみのドアのあたりを見つめました。ほんとうに開いたみたいで、体がガタガタとふるえだします。いつもいつも、だれかがほんとうになかにしのびこんでくる気がするのです。でも、ドアは閉《し》まったままでした。

ムフは体を半分起こしていましたが、また壁《かべ》のほうへ寝《ね》がえりを打つと、山へもどっていきました。ヒツジたちと遊びつかれると、山にある小屋のなかで、大好《だいす》きなイヌをまくら代わりに眠《ねむ》ろうとしました。目を閉《と》じたムフは、急に、髪《かみ》やひたいをなでてくれる手を感じました。温かくてたのもしい、父さんの手でした。父さんはむかし、あの大きな家で、ほんの何度かだったけれど、二階《かい》にあがってきてくれたのです。

ムフは体を動かし、目をちょっと開けましたが、その目を閉《と》じることができなくなりました。部屋《へや》は明るく照《て》らされていて、夢《ゆめ》ではなく本物のだれかの手がひたいにのっていたからです。

「父さん？」と、ムフはささやきました。

「あ、ごめん。起こしちゃったかい？」と、声がします。

ムフはくるっとむきを変《か》え、声のほうを見ました。こわい気持ちは消え、代わりに、こわくはないだれかがそばにいました。そのだれかが、部屋のロウソクをつけていたのです。

「おにいさんは、ベッドのしたから出てきたの？」ムフがききます。

大きな笑《わら》い声がかえってきました。

「おもしろいこと考えるなあ、ぼうやは。ぼくは、外からきたんだよ。一日じゅう、像《ぞう》の姿《すがた》で立たされたあと」

「それって痛《いた》いの？」と、ムフがききます。

「いいや、こわばってる感じだ」

「ふうん。おにいさんは、ぼくのそばにずっといてくれるの？」

「そうだね、今晩《こんばん》のところはそばにいよう。眠《ねむ》りたいんだ。体がくたくたなんだよ」と、男の人はいいました。

「そうか、よかった。ぼく、ひとりぼっちでこわかったんだ」

「でも、ヤリックがそばにいたら、こわくないだろ？　ぼくの名前は、ヤリックっていうんだ」と、男の人はいいました。

「そう。ぼくはムフ」と、ムフもいいます。

「ムフ？」

「うん、そうだよ。銀の男たちは、おにいさんにも魔法《まほう》をかけたの？　石になる魔法を？」

ヤリックはうなずきました。

「どうして？」

「どうしてって……」ヤリックはそういうと、にっこりしました。「話すことができないぐらい、長い話なんだ」

「じゃあ、短いおはなしをして。ね、ひとつでいい、そしたらぼく、ちゃんと眠《ねむ》るから」と、ムフがいいます。

ヤリックは、ムフを見つめていいました。「では、すごく短いけど、きみがきっと気に入ってくれるおはなしをしよう」ヤリックはベッドの足のほうにすわると、リュートをひざのうえにのせ、壁《かべ》にもたれて、こんな話を始めました。

ベッドのしたの物語——五回目の夏

ここからずっとはなれたところに、お城《しろ》がありました。そのお城には、王さまと王妃《おうひ》さま、実《じつ》におおぜいの料理番《りょうりばん》と貴婦人《きふじん》、家来《けらい》に侍女《じじょ》が住んでいました。そして、道化《どうけ》もひとりいました。

王さまと王妃さまには、十一歳《さい》になるお姫《ひめ》さまがいたのですが、その姫は、家出してしまいました。というのも、お城には魔女《まじょ》も住んでいて、お姫さまは魔女をおそれていたのでした。それは、見た目には正体《しょうたい》がわからない魔女でした。シルディスという名前で、見かけは美しいけれど、おぞましい声の持ち主《ぬし》でした。

道化はみんなを笑《わら》わせる役目でしたが、お姫さまがいなくなってからというもの、春になると旅に出て、ちょうど秋になるころ、もどってくるようになりました。

「いったい、どこにいってたんだ？　おまえのいないあいだ、みんなはずっと笑えなかったぞ」

と、王さまはたずねました。

すると、道化は答えるのでした。

「ぼくは、王さまの〝悲しみ〟を追いかけていったのです。どんどん大きくなられていますよ」

すると王さまはそれ以上《いじょう》なにもいわず、暗い顔で床《ゆか》を見つめました。けれどもあの魔女、あの悪い女は、いつも王さまの横にすわっていて、いじわるな顔つきをしていました。

また春になり、道化が四回目の旅に出ようとしていたとき、王さまは「城に残《のこ》ってくれないか」と、たのみました。

「お言葉ながら」と、道化はいいます。

「だが、わしはおまえがいないと、ほんとにさみしいんだ」

王さまはいい、ほほに何つぶか涙《なみだ》まで、こぼすのでした。

「ああ！」道化は、うたいはじめました。

涙にぬれても　価値《かち》はない
ここでは　ここでは！
ワインやビールで　ぬれなさい
ここでは　ここでは！
悲しみを飲みこみ　お楽しみを

そういって、道化は王さまのグラスになみなみとお酒をつぎ、魔女《まじょ》にもついだのでした。もちろん、魔女は王さまのすぐ横にいましたから。

王さまにはまずビールを、次にワインをつぎ

ましたが、魔女《まじょ》には最初《さいしょ》からワインをすすめ、グラスになみなみと五杯《はい》ついだあと、ビールを何樽《たる》も飲ませました。というのも、魔女はかなりお酒が好《す》きだったからです。道化《どうけ》は自分では一滴《てき》も飲まず、ふたりが騒々《そうぞう》しくなり、足をふみ鳴らしたり、うたったり、ろれつがまわらなくなったりしはじめると、部屋《へや》をそっとぬけて二階《かい》にあがり、魔女のベッドのしたにかくれたのでした。

夜中の二時、王さまと魔女が階段《かいだん》をのぼってくる音が聞こえました。道化は息を殺《ころ》し、じっと身をひそめていました。

ドアが開き、ロウソクのゆらめく明かりが見えたかと思うと、ふたりの四本の足がよろよろと部屋に入ってきて、ドアがバターンと乱暴《らんぼう》に閉《し》まりました。

「しーっ！　静《しず》かに閉めなくちゃだめだぞ」と、ひとりがささやきます。

「王妃《おうひ》さまがいるものね」くくっと笑《わら》いながら、もうひとりがいいました。

「王妃だと？　わしたちの声が、聞こえるものか」

「しっ、静かにしてよ、このボンクラッチョ！」

「今、なんといったあ？　わしは王さまだぞ、わからんのかあ？　おっ、おっ、王さまだぞう！」

「はいはいはい、静かにしてちょうだいな。横におなりなさい」と、シルディスは小声でいいました。

「なんだ？　なんろいったあ？」　王さまはろれつがまわらなくなり、舌《した》がもつれているようでした。「よこにおないなさい？　わしにめいれいすりゅのかあ？　わ、わしゃ、王さまじゃぞう」

　王さまはかんしゃくを起こし、両足をドンドンふみ鳴らしながら歩いてきました。その足が、シルディスのくつのすぐまえで立ち止まり、シルディスは足をななめに出したり、もどしたりしていいます。王さまのほうは千鳥足《ちどりあし》で、ふらふら横にいったり、もどったりしていました。道化《どうけ》にはそんな足の動きが、魔女《まじょ》のベッドのしたからまる見えでしたが、あとは、なにも見えませんでした。

　道化は、あいかわらずじっとしています。

「おぬし！」と、王さまはさけびました。

　シルディスの足がとつぜん、道化の目のまえから消えたかと思うと、スプリング入りのベッドがギシンッときしみ、道化の頭にガツッ！　とあたりました。

「おぬし！　自分が先に横になりゅのか。わしの娘《むすめ》がどこにいりゅのか、今すぐいうんにゃ」

　魔女はいじわるそうにヒーホホッと笑い、ベッド全体が上下にゆれたあと、静《しず》かになりました。

　道化の目に魔女のかた足が見え、ベッドからぶらぶらとゆれたかと思うと、ゆるんだくつが、したにカタンと落ちました。魔女は、袋《ふくろ》のなかであばれる子猫《こねこ》みたいに、足の指を長くつしたのなかでもぞもぞとさせています。

それから、すすり泣《な》きが聞こえました。王さまの両足ががくっとまがり、ぶらぶらしている足のすぐそばで、ドンッ、ドンッと音をさせてひざを床《ゆか》につけたのが、道化《どうけ》に見えました。王さまは魔女《まじょ》のまえに泣《な》きくずれたのです。

「わしのかわいいお嬢《じょう》ちゃん、ぴょんぴょんとびまわる陽気な姫《ひめ》がいなくなって、わしはさみしいんじゃ。あの子はどこだ！　教えてくれ。おねがいだ、美人のシルディスさま、教えてくれえ。おぬしがかくしたんだろう？　おぬしが、あの子をどこかへやったんだあ！　あの子は消えてしまった！　おぬしのせいで！」

王さまは、おいおいわんわんと泣きはじめました。道化には、王さまがひざをふるわせているのが見えましたが、魔女の足は、まるでなにごともなかったみたいに、ずっとぶらぶらしたままでした。

「けがらわしい悪女め！　居場所《いばしょ》をいわなかったら、その首をちょんぎってやる！」と、王さまはさけんでいます。

すると、魔女はおーっほほと笑《わら》いとばしました。

「ちょんぎったって、また生えてくるわよ！」

王さまは、もう一度泣きくずれました。「わしの大好《だいす》きな銀の君《きみ》、おぬしになんでもやろう。

わしのお嬢《じょう》ちゃんの居場所《いばしょ》さえ教えてくれれば、ほしいものはなんでも手に入るぞ。わしのお姫《ひめ》さま、わ、わしの……」

「ひーっくしょん！」シルディスは、くしゃみをしました。

王さまが、手をズボンのポケットへやり、くしゃくしゃになったハンカチを取りだしたのが見えました。

「ほら」

魔女《まじょ》は大きな音をたててはなをかみ、「あなたは、ひと晩《ばん》じゅうぶつぶつ文句《もんく》とよだれを飛《と》ばして、あたくしをセメンパするおつもりなのね」と、鼻をこすりながらさけびました。「お嬢さまがどこにいるか、あたくしが知ってるわけないでしょう？　庭師《にわし》の子と逃《に》げだしたんだから」

「おぬしがいうのは、それぼっかりだ」と、王さまは泣《な》きながらいいます。

「あの子を取りもどしたら帰ってくるわよ。ひっひっひぃ！　お嬢さまが、男の子を取りもどせ、い、い、い、たらね！」魔女はわざとらしく笑《わら》っています。

「おぬしは、わしをからかっているんだ。わしをいつも、からかってばかりだ。だったら、庭師の子はどこだ？」

「ひっひっ！」シルディスはいたぶるように、また笑いました。「男の子は土のなか。お嬢さまが埋《う》めておいでだけれど、場所がまちがってるのよ！　ひっひっ」

道化《どうけ》は、耳をすましました。

「まちがった場所だから」と、魔女《まじょ》は言葉をつづけます。「男の子はそこに出てはくるけれど、自由にはなれないの。いっひっひ」

「じゃ、じゃあ、どうしたらいいんだ?」と、王さまがたずねます。

「また、土のなかに埋《う》めるのね!」魔女はきんきんした声でいいました。「土のなか、ずーっと深く、でも正しい場所に埋めなきゃね。ほっほ! その場所を、お嬢《じょう》さまはぜったいに見つけられないわ。ぜったいに。きーっひっひ!」

魔女の笑《わら》いはネズミの鳴き声のようでしたが、王さまの泣《な》き声には、胸《むね》を引き裂《さ》かれる悲しみがありました。

「ほらほら!」と、魔女はさけびます。「顔を洗《あら》って。そうすれば正気《しょうき》にかえるでしょうよ、酔《よ》っぱらったサイさん。まるできたなくてくさいドロンチョみたいだわよ」

王さまがのろのろと立ちあがるのが見えました。その足がまっすぐになり、引きずるような音、服をガサガサさせる音が道化に聞こえます。金《きん》ピカの上着が足もとの床《ゆか》にバサッと落ち、そのあとネクタイ、ひだひだのえり、ぐるぐる巻きのシャツがつづきました。王さまは両方のつまさきをすりあわせて、まずかたほう、それからもうかたほうのくつもぬいでいます。くつひものないくつなので簡単《かんたん》です。ズボンのすそがたくしあげられ、王さまの右足が一瞬《いっしゅん》見えなくなり、はだかの足がにゅうっとあらわれました。次に左足がつづき、ズボンはふきんみたいに、床《ゆか》にだらんと放りだされました。足をまたあげ、こんどはくつしたをぬぎます。王さまのかかとは真っ赤で、足の指は茶色くふしくれだっていました。そのあと王さまはどこかへ去り、うがいの音と、バシャバシャ水のはねる音がしました。

こんどは、魔女《まじょ》が立ちあがります。自分のくつをけとばすようにぬぐと、少し先のほうに、カタカターンと落ちました。そのあと、ドレスを足の先まですべらせてぬぎ、またけとばしました。長くつしたをおろす手も見え、太い青い静脈《じょうみゃく》の浮《う》かびあがった魔女の足も見えました。かかとはきたない黄土色《おうどいろ》で、爪《つめ》はかぎ爪のように見えます。しかも猫《ねこ》のように、その爪を出したりひっこめたりできるのです。そして魔女も、どこかへ去っていきました。

王さまが顔をふいているあいだ、魔女は水をはねちらかして、うがいを始めました。そのあと化粧《けしょう》用のびんやつぼ、ピンをまさぐる音がして、魔女は髪《かみ》の毛をとかしはじめ、たっぷり一時間はかかりそうでした。

王さまは、ひと足先にベッドに入りにいきましたが、シルディスが王さまのそばにくると、道《どう》化《け》は体をすっかり平《ひら》べったくしなければなりませんでした。というのも、ベッドのスプリングがおそろしく深くしずみ、道化の背中《せなか》にあたったからです。ロウソクは消えていました。

その少しあと、一瞬《いっしゅん》ズキンとして、背中が強く押《お》されたのを感じました。王さまがまたすわりなおし、立ちあがったのでした。

「今度はなに？」魔女《まじょ》が、かみつくようにききます。

「おしっこだ」と、王さまは答え、暗やみのなかをよろよろとドアにむかっていきました。その瞬間《しゅんかん》、道化《どうけ》も音をたてずにベッドのしたから出ると、そっと部屋《へや》をぬけ、ドアがキイッと開いたとき、王さまのあとにつづいて廊下《ろうか》に出たのでした。

「王さま」と、道化はそこでささやきました。「王妃《おうひ》さまが、おひとりでこわがっていらっしゃいます。影《かげ》が見え、ギシギシと音が聞こえるそうです。今晩《こんばん》は、王妃さまのそばで寝《ね》ていただけないでしょうか？」

王さまは、もごもごといいました。

「ああ……ああ、わしの王妃が、こわいのだと？」王さまはほんのしばらく考えていましたが、足をひきずって立ち去りました。

道化はすばやく自分の服をぬぐと、下着一枚《まい》になって真っ暗な魔女の部屋にもどりました。王さまのようにふらふらと歩き、王さまのようにため息をつき、王さまのように頭をかきむしり、まるで王さまのように魔女のとなりに寝そべりました。そして、「ふう」とため息をつきました。

「ふう、銀の君《きみ》、さっぱりしたぞ。ビールもワインもぬけて、正気《しょうき》にもどった」

けれどもシルディスのほうは、まだしっかり酔《よ》ったままでした。魔女の心はぼんやりとくもり、入ってきたのは王さまではなく道化《どうけ》だということに、気がつきませんでした。

「美人さんよ」と、道化はささやきます。「その場所がどこか、わしに教えてくれないか。姫《ひめ》があれをどこの地面に埋《う》めたらいいのか」

王さまのやり方をまねして道化も魔女《まじょ》をくすぐったので、魔女は、くくくっと笑《わら》いはじめました。「そんなことをお聞きになりたいの？」と、魔女は大声でいいます。

「ああ、そうだ、そんなことをお聞きになりたいんじゃ」

道化はさらにコチョコチョとくすぐったので、シルディスはヘビのように体をくねらせました。

「やめて！　話してあげるから。話してあげたってむだなんだけど、いっひっひーっ！」

「話してくれ」

シルディスは体を起こしました。銀のまくらにもたれてすわりなおし、顔は髪《かみ》でおおわれていましたが、その髪は、ぎらぎらと両目から発する光のせいで透《す》けて見えました。

「ドールの庭よ！」と、魔女は甲高《かんだか》い声でいいました。「あなたのかわいいお姫さまは、そこにいかなくちゃいけないの。そこで種《たね》を地面に埋めれば、庭師《にわし》の子が、ぽんと飛《と》びだすわけなの。ひっひっ、いーっひっひぃ！」

「ドールだと？」道化はたずねます。

「そう、ドールよ！　小人の渡《わた》し守《もり》のいる黒い水のむこう側《がわ》。あたくしがカビカビボロンチョにした都」

シルディスは、頭がひざにつくぐらい体を深くまげ、またいやらしい笑《わら》い声をあげました。いっぽう道化《どうけ》は、王さまのやり方をまねして泣《な》きました。

「でたらめじゃ」と、道化はすすりあげます。「おぬしは、でたらめをいって、わしをからかっておるんじゃ。おぬしのそばでなど眠《ねむ》りたくないわ、王妃《おうひ》のところへいく」

道化はベッドからそっとおりて、よろよろと部屋《へや》を出ると、ドアをしっかり閉《し》めました。廊下《ろうか》に出ると、ふたたび自分の服を着て、裏《うら》の戸を通ってお城《しろ》からぬけだし、庭を通り、お姫《ひめ》さまのいる場所へむかっていきました。どこにいけば姫が見つかるか、道化にはわかっていたからです。深い谷のふちで待っているはずでした。

谷は遠くでした。道化はいろんな花のそばを通りすぎ、タンポポのなかをぬけ、春じゅう歩かなければなりませんでした。そればかりか、干《ほ》し草のあいだをぬけ、咲《さ》きほこるバラの横を通り、夏じゅう歩かなければならず、ようやく深い谷についたとき、花々はすでに散《ち》りはじめていました。

谷のふちにお姫さまは見あたりません。でも道化が谷をはいおりていくと、枯《か》れてしまった背《せ》の高い植物の横にお姫さまがいました。

「わかったよ！　場所がわかった、庭があるんだ。忘《わす》れ去られた町の庭だよ。そこに種《たね》をまかなくちゃいけない、ドールの庭に！」道化《どうけ》は遠くからさけびました。

お姫《ひめ》さまはふりかえると、道化を見つめました。その顔は布《ぬの》のように真っ白でした。

「種《たね》が、あの種が消えちゃったの。きのうの夜、落ちたはずなんだけれど、どこにも見つからないの」

道化とお姫さまは、そのあと一日じゅうさがしました。草のなかも葉っぱのしたも、やぶのあいだも。けれども、種は見つかりませんでした。

ヤリックは話をやめました。部屋《へや》はしんとしていて、ムフの静《しず》かな寝息《ねいき》だけが聞こえてきます。ムフは、おはなしの途中《とちゅう》で眠《ねむ》りこんでしまったのです。しばらくしてから、ヤリックも頭を壁《かべ》につけ、七弦《げん》のリュートをそばにおいて、ベッドの足もとで眠りにつきました。

ドールの町の灰色《はいいろ》の朝の光が、窓《まど》から少しずつ部屋のなかに入ってきます。影《かげ》たちも消えていきました。

第十五章　フロップのわな

――いったい、どうやったら、このわなから出られるの？

コビトノアイは、心のなかで考えていました。ヒキガエルはぶよぶよの手でコビトノアイの腕《うで》をさらに強くつかみ、ソファーにむりやりすわらせると、ねばついた声でいいました。

「すわるんだ、かわいい子ちゃん。本のつづきを読んでくれ」

コビトノアイは、もう少しで銀の本を取りだしてしまうところでしたが、それは服のしたにしっかりかくしておきました。さっきまでフロップに読み聞かせていた本は、まだ机《つくえ》のうえにあります。コビトノアイはその本を手に取りました。

「次の章だ、聞かせてくれ」

コビトノアイは読む章をさがして、本をゆっくりめくりました。わたしは、ここから二度と出られないんだわ、と考えながら。

——でも、それがどうだっていうの？　庭という庭が魔法《まほう》で消されてしまったことは、もうわかってる。わたしには庭なんて見つけられやしない。それに、この町じゃ、時間はふりこみたいにもどってしまうんだもの。春は、種《たね》まきの季節《きせつ》は、決してやってこないのよ。あの種も枯《か》れてしまう……

そして首もとをおさえ、思わず「ノジャナイ」とつぶやいたのです。

「なにをいってるんだ？」と、ヒキガエルがたずねました。

コビトノアイはびっくりして赤くなり、「あっ、ええっと……なにも」と、つっかえながらいいます。

「かよわい若葉《わかば》ちゃんは、ずっと遠くのことを考えてたんだろ、え、ちがうかい？」

フロップはにんまりし、コビトノアイの髪《かみ》のうえに、ひんやりしめった手をおきました。

「そのかわいい頭は、考えごとでいっぱいだ。そしておれは、決して近よらせてはもらえない、ただのあわれで孤独《こどく》な年寄《としよ》りなんだ」そういうと、ヒキガエルはもっと近づきました。「いつも、そうやって避《さ》けるんだな。フロップはそんなに醜《みにく》くないだろ？　いやなこともしないだろ？　ちょっと見てごらん。この目のなかをのぞき、深い孤独を見てごらん。だれかにきてほしくてたまらない、からっぽの心を」

コビトノアイはその目を見つめました。ヒキガエルが両はしにあぶくをつけた口を引きつらせて、大きなにやにや笑《わら》いを浮《う》かべると、ぺちゃんこの鼻が横に広がりました。ただの笑顔《えがお》ではなく、黄色い大きな目をビー玉みたいにてらてらと冷《つめ》たく光らせた笑い方でした。

コビトノアイは不安《ふあん》になって、「つづきを読むわね」と、本のうえに体をかがめました。一瞬《いっしゅん》、フロップの息が首すじにかかりましたが、そのあとフロップはちゃんとすわりなおしてくれました。

「さあ読んで。そして本がおしまいになったら、オレのキスを受けてくれ」

コビトノアイは、小さな声で、次の章を読みはじめます。

ミンクとインクの悲しい歴史《れきし》

ドールオディシアがもっとも栄《さか》えていた時代、どの科目でも十点満点《まんてん》をもらう子どもが初等《しょとう》学校にふたりいた。ふたりが五年生のとき、先生は評議会《ひょうぎかい》にこんな意見を出した。

「成績表《せいせきひょう》に十一点を作らないといけません。と申《もう》しますのも、あのミンクとインクという生徒《せいと》は、十点以上《いじょう》をつけるのにふさわしい成績なのです。歴史の年号をぜんぶ暗記して、そらでいうこともできますし、スペインにある川の名前もぜんぶ知っています。『父さんがペンを持っています』の文をフランス語に訳《やく》すこともできるんです」

「十一点? ありえないね。前例《ぜんれい》がないんだから」と、評議会《ひょうぎかい》の人たちはいった。

「ええ、でもね」と先生はさらにいう。「生徒《せいと》のミンクとインクは、それ以上《いじょう》の成績《せいせき》だって取れるんです——あのふたりはたいへん才能《さいのう》があるので、ずっと十点満点《まんてん》のまま、ほうってはおけません。『ほうって休ませておくとさびる』っていうでしょう。それに、『さびは休まずにくっつく』ともいいますからね」

けれども、評議会はいいはなった。

「十点が最高《さいこう》である。生徒はそれ以上の点を取ってはならん。それは高慢《こうまん》ちきというものだよ」

次の日、ミンクは、現代《げんだい》までの年号をぜんぶ唱《とな》えてみせ、インクは「父さんがきのうペンを持っていました」をフランス語に訳《やく》していった。先生は十点のまわりに花丸をつけ、次の学期まで長いお休みを与《あた》えた。

やがて六年生になったとき、ミンクとインクはほんとうにかしこかったので、スウェーデンの山の名前をぜんぶそらでいうことができたし、となり町からベルリンまで、ボンベイから川むこうの村までそれぞれ何キロメートルの距離《きょり》か、正確《せいかく》に知っていた。ふたりは海のいちばん深いところは何メートルか、カナリアがどのくらい速く飛《と》べるのか、むかい風のなか、タイヤのパンクした自転車に乗って、近所の人がA地点からB地点までどのくらいの時間でいけるのか、ちゃあんと知っていたのである。

先生は、ふたりの成績《せいせき》の十点に花丸を二重につけ、卒業《そつぎょう》するとき、ふたりはぴかぴかかがやく最高《さいこう》の成績表をもらった。先生はぜんぶの科目の十点を合計し、最終成績は百点満点《まんてん》と赤インクで書きこんだのだ。

「ぼくたち、百点を取ったよ！」家に帰ったミンクとインクはそうさけび、一時間後には町じゅうの人たちが、学校でりっぱな成績を取ったかしこい少年たちのうわさをしていた。

「ふたりは、いったいなにになりたいのかね？」と、だれもがきいた。

「ええと、ぼくは町長になります」と、ミンク。

「そして、ぼくは裁判官《さいばんかん》になります」と、インク。

「うんうん、実にもっともな答えだ、最高の人たちが町を治《おさ》めるべきだからなあ」と、町の人たちはいった。「そうなれば、うちの町もほんとに栄《さか》えるってもんだ」

休みが終わると、ミンクは町長のもとへ、インクは裁判官のもとへ見習いとして働《はたら》きにいった。

そして町長と裁判官は少したつと、こういったのだ。

「わしらは釣《つ》りにでもいこうや。あの若者《わかもの》たちはしっかりしてるし、しかもたいへんかしこいから、わしらの仕事をうまくやってくれるだろう」

こうして、ミンクは町長になるための資格《しかく》を十一点満点でもらい、インクも裁判官になる資格を十一点満点でもらった。これについては、評議会《ひょうぎかい》も反対《はんたい》しなかったからである。

次の日、ふたりの男がインク裁判官《さいばんかん》のまえにあらわれた。ふたりはメウシのことで言い争《あらそ》っていた。

「こいつは、おれのもんだ」ひとりがいう。

「いいや、こいつは、おれのもんだよ」と、もうひとりもいった。

メウシはふたりのあいだに立ち、モーウモーウと鳴いていた。すぐに乳《ちち》をしぼってもらわないと困《こま》るからだ。

インクはいった。

「ウシは反芻《はんすう》動物で偶蹄類《ぐうているい》。二本の角《つの》と四つの胃《い》を持ちます。メスは一日に二十リットルないし二十五リットルのミルクを出します。夏は牧場《ぼくじょう》で草を食べ、冬は小屋のなかにいて、農夫《のうふ》が干《ほ》し草や固《こ》形飼料《けいしりょう》、残飯《ざんぱん》を食べさせます。ウシは死んだあともまた有益《ゆうえき》です。その肉は食用になり、皮は皮革業者《ひかくぎょうしゃ》によってなめされます」

男たちは考えこんだ顔で、インク裁判官《さいばんかん》の知恵《ちえ》ある言葉に耳をかたむけていた。

「で、こいつは、おれのもんだ」と、ひとりがいう。

「いいや、こいつは、おれのもんだよ」と、もうひとりもいう。

「次の件《けん》!」インクは大声を出した。裁判官がいつもそうしていたのを、聞いていたからだ。

「けどよ、判決《はんけつ》は?　判決はどうなったんだ?」ふたりの男たちはさけんでいる。

「判決《はんけつ》は二週間後です」と、インク。

いっぽうミンク町長は、祭事長《さいじちょう》の訪問《ほうもん》を受けていた。祭事長はたいまつを使った大パレードをしてもいいかどうか、たずねにきたのだ。

「もちろん、火事などあってはなりませんから」祭事長はいう。

すると、ミンクはこう答えた。「もたらされる損害《そんがい》の規模《きぼ》は、火事が大きいほど拡大《かくだい》される。ここに二度出てくる『される』は受身《うけみ》の助動詞《じょどうし》。損害、規模、火事はすべて名詞《めいし》」

「ごもっともで、ええ」と、祭事長はいった。「火には注意するつもりです。午後八時には、マルクト広場を出発したいのですが」

するとミンクはこう答えた。

「Aは八時に出発し、P地点からQ地点へむかう。Bは八時半に出発し、Q地点からP地点にむかう。Aは時速五キロメートルで歩き、Bは時速六キロメートルで歩く。PQ間の距離《きょり》が十四キロメートルとするとき、AとBは何時に出会うだろうか？　またそれは、P地点からどのくらいはなれたところだろうか？　そしてAはQ地点に何時に到着《とうちゃく》するだろうか？」

祭事長はいらいらした顔になり、指を折《お》って計算を始めた。

「ですが、わたしどもがいくのは、Q地点ではないのです。わたしどもは、コルク運河《うんが》にむかいたいわけで」

「日本海溝《かいこう》は約八キロメートルの深さで」と、ミンクは話しだした。「極域《きょくいき》と熱帯《ねったい》に吹《ふ》く風は、へ、へ、へ、偏東風《へんとうふう》といい、中緯度《ちゅういど》地方に吹く風はへ、へ、へ、偏西風《へんせいふう》という」

「もちろんです」祭事長《さいじちょう》はいそいでいるようだった。「風が強すぎるようでしたら、われわれのパレードもやめときます」

「中止します、といいなさい。ゴーダはチーズの名産地《めいさんち》である。泥炭植民地《でいたんしょくみんち》では泥炭を産出《さんしゅつ》し、シンガポールは清潔《せいけつ》だ」

「われわれは最善《さいぜん》をつくします」祭事長はそう約束《やくそく》し、出ていこうとしたそのとき、ドアをたたく音がした。

「外国から、どなたかお見えです。なんとおっしゃっているのかわからないのですが」と、使いの者がいった。

そこに、すばらしい衣装《いしょう》に身を包《つつ》んだ紳士《しんし》が、長旅のほこりをつけたままあらわれた。

「シフイア、プロパリア」紳士はおじぎをしながらいう。

「トウサン　ガ　ペン　ヲ　モッテイマス」ミンクはフランス語でいってみた。

「プレピャル、スプ?」

「トウサン　ハ　ペン　ヲ　モッテイマシタカ?」と、ミンクは質問《しつもん》してみる。

「ショク、ショク」と、紳士。

「シルケ　ノ　アル　ヨウナシ　ハ　オイシイ」ミンクはドイツ語でもいってみたが、紳士《しんし》は答えなかった。

そのあとミンクは、ギリシャ語で「イモウト　ハ　カナシイ」といい、ラテン語で「カレ　ハ　イモウト　ガ　スキデス」といい、「コンバンハ」とロシア語でいってみた。

けれどもそのとき、ドアがいきおいよく開き、ふたりの男に両はしからつかまれたインクがあらわれ、そのあとからメウシが入ってきた。「町長さん、こいつは、役立たずの裁判官《さいばんかん》だ！」と、ふたりはさけんだ。そして、祭事長《さいじちょう》も部屋《へや》のなかにむりやり入って、さけんだのだ。「そして、こいつは、はったりの町長だ。こいつらはお払《はら》い箱《ばこ》だよ。なんにもわかっちゃいないんだから」

「ふたりは、なんでも知っています！」騒《さわ》ぎを聞いて、かけつけた先生がさけんだ。

「なんにも知らない！」

「なんでも知ってる！」

「なんにも！」

「なんでも！」

評議会《ひょうぎかい》が、この件《けん》をとりまとめることになった。評議会が存在《そんざい》しつづけて、賢明《けんめい》な判断《はんだん》をくだせることは、ドールオディシアの町にとってさいわいなことだった。

そうして、評議会は結論《けつろん》を出した。

「十一点満点《まんてん》を取り入れよう。ミンクとインクは、成績表《せいせきひょう》の全科目について十一点を取ったものとみなす。だが、つけくわえることがある。十一点を取った者は、非常《ひじょう》にかしこいので、外国にいかなければならない」

で、そのようになった。町がもっとも栄《さか》えていた時代、かしこい頭のミンクとインクは、すばらしい身なりの紳士《しんし》とともに外国に送りだされてしまった。その紳士は、ふたりが知っていることをなにひとつ理解《りかい》しなかった。つまり紳士から見れば、ふたりは〇点で、なんの役にも立たないということなのだ。これがミンクとインクの歴史《れきし》の悲しい結末《けつまつ》である。そのあと、ふたりのうわさをきいた者はだれもいない。

「もう一章！　もう一章だけでいいから」

ヒキガエルは、しわがれ声でささやきました。

「いやです」と、コビトノアイはいいます。

「たのむから！　あと二、三ページだけじゃないか。読めよ！」

フロップはものほしげに、すすり泣《な》きました。

「もう読めません」

おなかの底《そこ》から、ぞっとするような声をあげてフロップは嘆《なげ》き悲しみました。

「おたくは、いやなんだ。おれのキスがこわいんだ。いつもいつも、そうだ。みーんな、いつもそうなんだ。おたくも、フロップがいやでたまらないんだ。グェッ、グェッ！」

コビトノアイは、ぶるっとふるえ、少し体を引きました。

「ほうら！　おたくは、なんにもいわない。なんにもいおうとしないが、フロップのことをいやがってる。そしてフロップは……」ヒキガエルは、コビトノアイの腕《うで》をぐっとつかみました。

けれども、コビトノアイはその手をふりほどき、立ちあがりました。

「つづきは、あとで読みます」

「あとで、あとで！　いつだって、あとでだ。今すぐがいいのに」ヒキガエルは、両腕《りょううで》を広げてさしのべ、うしろにさがったコビトノアイをひきとめようと、立ちあがりました。「そこにいるんだ！　チョウチョちゃん、そこにすわってなさい。フロップから逃《に》げないでおくれ。なんにも悪いことはしないから」

コビトノアイは、ぱっと背中《せなか》をむけ、ドアのほうへ走っていきました。けれども、ヒキガエルがゆく手をはばんだので、コビトノアイはむきを変《か》えて壁《かべ》ぎわを走りだし、そこに小さな通路を見つけたのです！

「ここに、ここにいてくれ！」と、ヒキガエルはさけんでいます。

コビトノアイは、うす暗い石造《いしづく》りの部屋《へや》を走っていき、長くてまっすぐな廊下《ろうか》に出ました。ペタンペタン、ハアハアと、フロップが追いかけてくる音が聞こえてきます。

と、そのとき、コビトノアイはつまずいて床《ゆか》にバタンところび、服から落ちた銀の本が、バサッと音をたてて、石のうえに落ちました。でも、コビトノアイには、暗い床をさぐって本をひろいあげる時間がありません。すぐに起きあがると、痛《いた》む足をひきずりながら、かたほうだけ銀のくつをはいた足で、また走っていきました。

「だめだ、いくな、チョウチョちゃん！　そっちはだめだ！　首の骨《ほね》を折《お》ってしまうぞ！」

フロップの嘆《なげ》き声は、地下の廊下《ろうか》じゅうにこだましています。

けれども、コビトノアイは走りつづけ、角《かど》をひとつまがり、もうひとつまがりました。そこまでくると、ほとんど先が見えないぐらい真っ暗で、壁《かべ》を手さぐりしなければ進めません。それに、二度ところばないように、足を高くあげなければなりません。

近くで、角をまがる足音が聞こえました。「わたしは、わなのなかを歩いてるんだわ」と、コビトノアイは思いましたが、その瞬間《しゅんかん》、遠くに光がさしこんでいるのが見えました。

ヒキガエルの荒《あら》い息からのがれるように、足をいっそう速め、前へ前へと進んでいくうち、光はますますはっきりしてきました。コビトノアイがもうひとつ角をまがると、目のまえの高い壁のうえのほうに、太い鉄格子《てつごうし》の入った窓《まど》がありました。窓ガラスはなく、そこからすきま風が吹《ふ》きこんでいます。

思いきりとびあがって鉄の棒《ぼう》をぎゅっとつかむと、コビトノアイは体を引きあげ、窓辺《まどべ》に足をのせました。頭が格子《こうし》のすきまの外に出たので、肩も通そうと体をよじったり、押《お》しこんだりしました。ひどい痛《いた》みを感じ、ビリッと服の破《やぶ》ける音も聞こえます。したの暗やみからひびいてくるヒキガエルの声に気持ちもすくみます。コビトノアイは大きく息を吐《は》き、残《のこ》っていた力をふりしぼって、体を外に押しだしました。そのとき、冷《つめ》たい手が足首をぎゅっとつかんだのです。

「鉄のクモの巣《す》から出たらだめだ！　フロップのもとにいてくれ、ああ、ひとりぼっちのフロップのもとに」

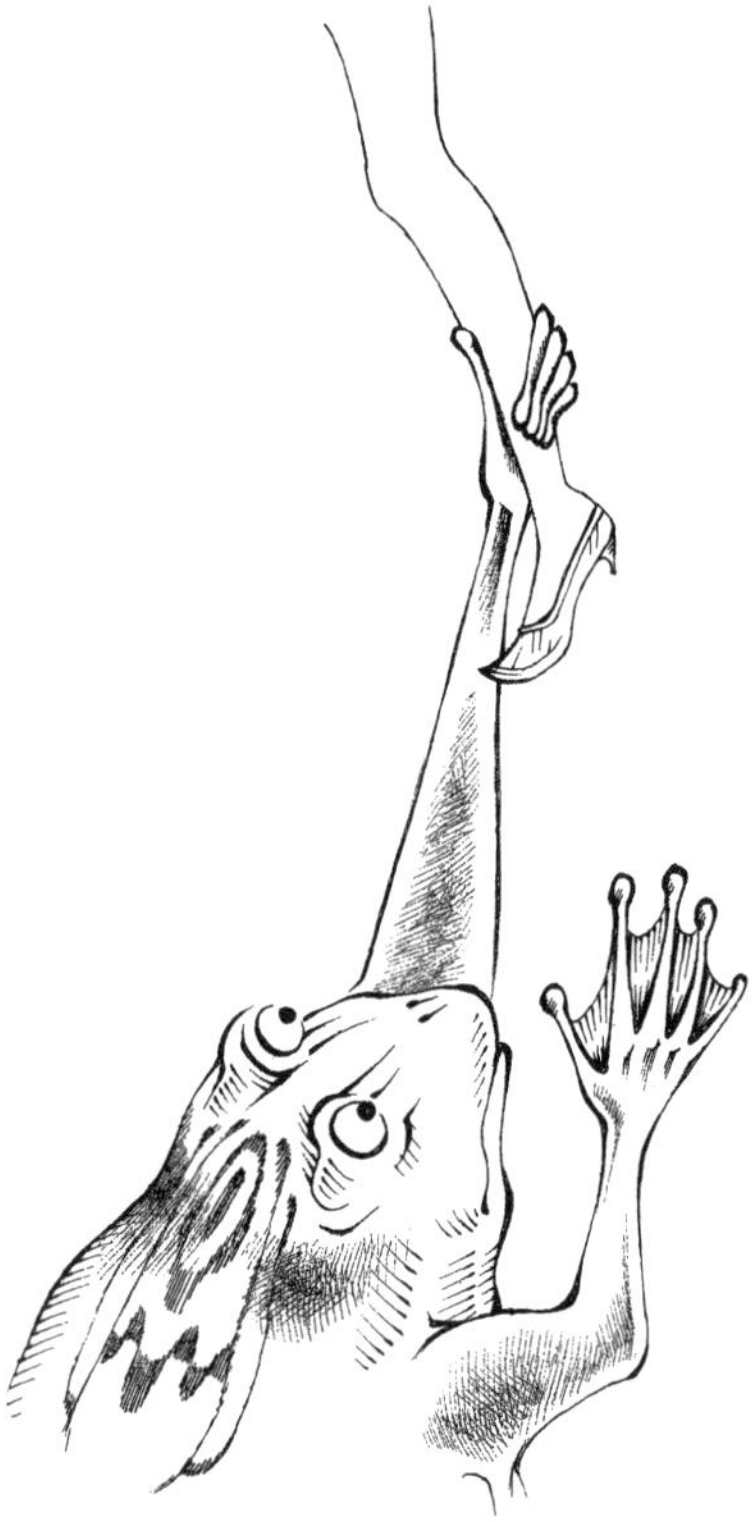

けれどもコビトノアイは、鉄格子の外側《そとがわ》に肩が出たのがわかると、両手で鉄の棒をつかんで、つかまれた足をぐっと持ちあげました。ヒキガエルはじめじめした手をゆるめ、その手のなかには、コビトノアイのかたほう

の銀のくつだけが残《のこ》されました。

「グアアッ！」悲しげなさけびが聞こえ、石造《いしづく》りの地下室の床《ゆか》に、フロップがペシャッと落ちる音がひびきました。

「くつか！　オレがこの胸《むね》に抱《だ》きしめるものといったら、かたほうのくつだけか」

フロップのすすり泣《な》きは、鉄格子《てつごうし》の入った窓《まど》からもれてきて、コビトノアイが灰色《はいいろ》の通りを走っていくあいだも、しつこくまとわりつきました。まるでフロップがコビトノアイを、まだ少し抱きしめているかのように。

第十六章　道化《どうけ》

ヤリックは、はっと目をさましました。だれかに名前をよばれた気がしたのです。でも、夢《ゆめ》を見ていただけでしょうか？　ムフは、窓《まど》の外から日の光が入ってきているのに、まだ眠《ねむ》っています――光といっても、ドールの暗くしずんだ光でしたが。

ヤリックはベッドの足もとのほうでそっと起きあがり、リュートを手に取ると、しのび足で部屋《へや》から出ました。ムフを見捨《みす》てるつもりではなかったのですが、なにか自分を引きつけるものが、外にあったのです。

通りに出るとすぐに、ヤリックはやってきた道を引きかえしはじめました。

どこへ　ぼくは　どこへいくんだろう？

ぼくの　右足と　左足
いく先を知っているのは　この二本の足だけ！

小さな声でうたい、しなければいけないなにかを夢《ゆめ》に見ていた気がして、思い出そうとしました。けれども頭がどうしても働《はたら》かず……ただひたすら歩いていきます。ひとつの通りをぬけてべつの通りへいき橋をわたったところで、自分がなにをさがしているのか、それまでずっとなにをさがし求《もと》めていたのか、とつぜん思い出しました。年寄《としよ》りの魔法使《まほうつか》いをさがしていたのです！　まるで何日間もつづいた夢から、たった今、目がさめたようでした。ヤリックは心のなかでさけびました。

「アリャスス。ぼくが会わなくちゃいけないのは、その人だ！」

そして、いそぎ足で歩きはじめました。なにかが自分に道を教えてくれるのを感じましたが、ちっともふしぎだとは思いませんでした。

ぼろぼろとくずれる石の通りに人の姿《すがた》はなく、銀の男たちの気配《けはい》もありませんでした。通りはいつもよりさらにしんとしていて、まるで町全体がなにかを待って、息をひそめているようでした。

ヤリックは角《かど》をひとつまがり、三軒《けん》目の家のまえで立ち止まりました。初めてきた場所なのに、ドアに見おぼえがあり、三回たたく必要《ひつよう》があることもわかりました。ドン、ドン、ドン。ドアはすぐにゆっくりと開きました。

暗い廊下《ろうか》に入り、うしろ手でドアを閉《し》めると、手さぐりでそろそろと進んでいきます。とつぜん、手をにぎられたかと思うと、その手がヤリックをまえへひっぱっていきました。

そして、声がしました。

「きたな、ヤリック。もはや、道化《どうけ》のふりをしていてはならぬぞ」

ヤリックはさけびをのみこみました。「あなたが、ぼくのなにを知っているんです？　あなたがアリャスス？　ここじゃ、なんにも見えません」

「見る必要などありはせぬ」と、その声は答えました。「ここにくる者に、わたしの姿《すがた》は見えぬのだ。おすわり」

ヤリックはいすにすわらされ、相手も真っ暗やみのなか、自分のむかい側《がわ》にすわるのが聞こえました。

「おまえをここによびよせたのは、このアリャススだ。おまえのまえにすわっているのが、アリャススだ。アリャススは、おまえにききたいことがあるのだ」

「なんの話をしたらいいいんでしょう？」

「ドールの庭をさがしている娘《むすめ》は、ここにきた」と、魔法使《まほうつか》いは話しはじめました。「あの子は秘密《ひみつ》をかくしている。おまえはその秘密を知っている。わたしはそれが知りたいのだ」

「でも、それは、話しちゃいけないことなんです」

「わたしはすでに、多くのことを知っているぞ。わたしは感じ、推《お》して量《はか》る。だが、たしかなことは、おまえから聞かなければいけない。おいで、話をしてもらおう」

「でも……」と、ヤリック。

「だまれ！　わたしにまかせろ。悪いようにはしない、話してくれ」

魔法使《まほうつか》いが、なべやびんのようなものをカチャカチャいわせる音がして、とつぜん、強い炎《ほのお》がぼうっとあがりました。ほんの一瞬《いっしゅん》、ヤリックの目にふしぎな部屋《へや》と、年老《としお》いて腰《こし》のまがったアリャススの姿《すがた》が見えました。が、すぐに見えなくなり、ヤリックはツンと鋭《するど》いにおいをかぎながら、いすに深くもたれてすわっていました。眠《ねむ》らずに夢《ゆめ》を見ている感覚《かんかく》がおとずれ、魔法使いの声が、どこかはるかから、ぼんやりとひびいてきました。

「ヤリック、おまえは、ここから遠くはなれた城《しろ》の道化《どうけ》だな。おまえは、長い長い道のりをやってきた――あの子を、ここではコビトノアイと名乗っている姫《ひめ》を追ってきた。おまえは、あの子の〝秘密〟を知っている。そして、ここが大切なのだが――その〝秘密〟にのりうつるのだ。おまえの魂《たましい》を、あの子が持ちあるいているものの魂のなかにもぐりこませ、語れ。語るのだ！」

ヤリックは頭の中身が吸《す》いだされ、からっぽになるのを感じました。すべての考えが消えてしまったようです。目を閉《と》じたヤリックは、ひとつの心臓《しんぞう》になっていました。トクトクと動く心臓は、ものすごい速さで、木立《こだち》からやぶへ、やぶから広い草原へと運ばれていきました。

そうして知らないうちにヤリックは語りはじめ、むかい側《がわ》にいる年寄《としよ》りの魔法使《まほうつか》いは、耳をそばだてて、その話に聞き入《い》っていたのです。

土と太陽の話——六回目の夏

進め、進め、進め！　いったいどこへ？　なにが起きた？　だれが摘《つ》んだのだろう？　いつもさわってくれる手じゃない。もっと、ふわふわ、もじゃもじゃした毛皮におおわれたもの。ガタゴトピョン、進め、進め！　いつもみたいに安全で守られた銀の箱のなかじゃない。温かくてしめった、どんどんのびていける地面のなかでもない。何千本もの、指のような毛皮にひっかかっている。

かけて、とぶように走って、ハアハア息を切らして。いったいどこへ？　どこか遠くへ、見知らぬ土地へ。

ノウサギかシカが、毛をふさふささせて花のすぐそばを通ると、種《たね》がくっついてしまうこともある。それは運しだいなのだ。

そうやって、毛皮にくっついたままになることもある。どのくらい遠くまで種が運ばれていくか、どこまでいって、どこで落ちるのか、それも運しだいなのだ。動物が体をちょっとふるわせたり、木の幹《みき》を軽くかすめたり、砂《すな》のうえをころがったりすれば、種《たね》はすぐに落っこちてしまう。野原から運ばれて、森をすぎたあたりか、丘《おか》のむこう側《がわ》にうまく落ちるかもしれない。溝《みぞ》に落ち、水にしずんで死んでしまうかもしれないし、あるいは水気のない地面に落ちてひからびてしまうかもしれない。冬が終わったあと、また一輪《りん》の花に育っていけるような場所に種がたどりつくチャンスは、いったいどのくらいあるのだろう？

進め、進め、進め！　いったいどこへ？

ここだ！

ドサッと、その動物が地面にたおれ、頭から三回もんどりうって動かなくなった。

ワンワンという鳴き声、足音。狩《か》りの人びと。ぴくりとふるえた動物の体は、持ちあげられ、ぐったりとした姿《すがた》で運ばれていく。死んでいる。毛皮はしだいに冷《つめ》たくなって力を失《うしな》い、何千本もの指は種をはなし、種は落ちるあいだにめまいを起こし、やわらかな地面にぽとりと落ちる。とたんに足にふみつけられ、土のなか深くに押《お》しこまれる。

それは運しだいなのだ。そうして種は、長い長い冬眠《とうみん》ができるよう大地のベッドに寝《ね》かされる。心臓《しんぞう》はひどくのろのろと打ち、霜《しも》のおりる日はなおさらだ。けれども春になると、暖《あたた》かさに目をさます。のびをする。ベッドのはしに足を押《お》しつける、ベッドがきしむまで、強く。そして、その足をもっともっと先へのばす。二本、四本、八本の足、何百本もの足の指が、じわじわと広がっていく。これはなんだろう、石か？　その石を避《さ》け、さらに先へ、もっと深くへ。

そのあと頭をあげる。起こす、少しずつ起こしていく。首を、背中《せなか》を緊張《きんちょう》させて、もっと高く、もっとうえへ。

だれの耳にも聞こえないさけび声、天井《てんじょう》はぱっくりとさけ、広々と海のようにはてしない、自由な空間が広がった。息を吸《す》う。においをかぐ。土、草、葉っぱのにおい。頭をうしろにたおして、空気、広い空、風を感じる。息を吸って成長する。高く、さらにさらにうえへ。

さあ、腕《うで》を出して。二本、四本、八本の腕、十六本の指。風で遊ぶがいい、光を飲むがいい。腕で指で、光を飲むのだ。雨を飲むのだ。足でも、何百本もの足の指でも。

そして頭をさらに高く、まっすぐにあげろ。足をさらに深く地面にもぐらせ、押し進め。しがみつくんだ。なぜなら、おまえは立たなければいけない。この場所に、運命がさだめたところに、ゆるがずしっかりと立っていなければいけない。

おまえのまわりで動くものがある。パタパタ、バサバサ、ブンブン。そして、足音がおまえのすぐそばを通る。地面のしたではトントン、ゴソゴソ、ザクザク。

そのまま身動きせずに立っている。動くことはできない、一歩たりとも。こんなに足がたくさんあり足の指がたくさんあっても。腕も指もたくさんあるのに、まったく動けない。人形のように風に吹《ふ》かれるままだ。

うえへ、さらにうえへ。頭が裂《さ》けてしまうまで！　ふくらんで裂けたら、目が見えるようになる。うえへ！

攻撃《こうげき》してくる者がある。葉っぱの指が破《やぶ》れる。痛《いた》い！　身動きできず、逃《に》げだすこともかくれることもできない。深く打ちこまれた足の指で大地にしばられ、なにがあっても、運命がさだめたところにじっと立つばかり。のどがかわいても、飲み物がうえから落ちてくるのを待つしかない。暑《あつ》すぎても、熱《あつ》い光が消えるまで待つしかない。イモムシが背中《せなか》をはっても、払《はら》いおとすことはできない。

立って立って、立ちつづける。くる日もくる日も、真っ暗な夜にも。地面に押《お》しつけられ、ゆさぶられ、なぐられ、くすぐられ、身動きできずに立つしかない。

十分にのびきったとき、おまえの頭は裂けて開く。痛みを、ものすごい痛みを感じる。だが、それは必要《ひつよう》な痛みなのだ。

そしてふたたび、だれの耳にも聞こえないさけび声。日の光を初めて受けたときにあげた声は、目がぱっちり開《ひら》くまでつづく。そしておまえは光を見る。黄金、青、緑にきらめく光を。見ろ！頭をあげて見ろ！　草やミツバチ、木立《こだち》や鳥たち、さまざまな植物を。人びとや馬が、ドシドシと通りすぎるのを。

大きく開いた目で太陽を見つめて立つ。チョウチョを顔に感じ、スズメバチが押《お》しよせてくることもあるが、一日じゅう光をごくごくと飲みこむ。光が手に入らず、もう飲めなかったらと不《ふ》安《あん》になることもある。足もとをかじられたり、突風《とっぷう》に引きちぎられたり、枝《えだ》に押しつぶされたり、人や動物がやってきたりしたらと、不安にかられることもある。トクトクと心臓《しんぞう》はまた打ちはじめるが、まだ十分に育ってはいない。次の冬を生きのびるため、さらに育たなければ。光を飲め、雨を飲め、そうすれば成長するのだ。

ドシドシと足音が聞こえ、甲高《かんだか》い声があがった。

「まあ、なんてきれい！」

そして、とつぜん、おしまいがきた。

ぐいっと引きちぎられる動きにめまいをもよおす。上下さかさまになり、あとは痛《いた》み、痛み、ただ痛み。

摘《つ》まれて、どこかへ持っていかれ、暗やみ、そしてまた光、そのあと冷《つめ》たい水をもらった。根っこの足はなくなったけれど、これからはいつでも内側《うちがわ》にしみこむ新鮮《しんせん》で冷たい水がある。それを吸《す》って生きつづけよう、心臓を成長させよう。光も十分にあるのだから。

もはや自力《じりき》では立てず、冷たいコップのへりにもたれかかっている。それにしても、風は、青空や木々はどこだ？

感じるのは人間の気配《けはい》、かびくさいにおい、そしてわずかな光だけ。

心臓《しんぞう》は成長しつづけるのだろうか？

けれども心臓が大きくなり、ほったらかしにされたら、どこに落ちるのだろう？　運命は、どこに落ちる場所をさだめているのだろう？

ゆっくりのろのろと、すべてが消える。水もだんだんに吸《す》えなくなり、光もだんだん飲めなくなる。頭がしだいに重くなり、コップのへりにもたれかかり、まえのめりになる。ゆっくりと頭をたらす。目はもうなにも映《うつ》さず、背中《せなか》はぐったりとまがっている。

顔はしなびて、さまざまな思いは、まるでロウソクが燃《も》えつきるようにゆっくりと消える。もう一度、不安《ふあん》にふっとおそわれ、耳には聞こえないさけび声をあげる。

「ぼくのノモノ！」

暗やみがおりる。

§

ヤリックは、夢《ゆめ》からさめた気分でした。目を開けましたが、あたりはあいかわらず真っ暗で、目の見えない年寄《としよ》りの魔法使《まほうつか》いの部屋《へや》にいるんだ、と気がつくまで、しばらく時間がかかりました。

魔法使いのかすれた声がします。

「友よ、これでわかった。あの娘《むすめ》がここにいたとき、その心臓《しんぞう》の横で、トクトクと打つべつの音がわしには聞こえたのだ。あれは、娘がドールの庭にまこうとしている種《たね》——庭にまけば、魔法が解《と》けるはずなのだ。ちがうかね？」

「そうです」と、ヤリックはかすれた声で答えました。

「だが、いったい、だれが裏《うら》にいるんだね？　だれがあの娘に話した？」

「ぼくです」

「ちがう！」と、魔法使いは鋭《するど》くいいました。「おまえではない。おまえは、その話を伝《つた》えただけだ。おまえから出たものではない。いったいだれに聞いたのだ？」

「シルディスです。城《しろ》にいた魔女《まじょ》の……」

ヤリックがそういうと、魔法使いはさけびました。

「シルディス、か！　その名には聞きおぼえがあるぞ……シルディス、には」

魔法使《まほうつか》いが、骨《ほね》ばった手をひたいにピシャリとあてるのが聞こえました。

「魔法の君《きみ》シルディシア、通称《つうしょう》シルディスは、魔法の君オディシアともよばれた世にも美しい女王で、その女王がこの都をおこし、みずからは決して年を取らなかったという言い伝《つた》えがある。女王はいったん去ったが、長い長い年月のあと、銀のまくらを積《つ》んだ黒い馬車に乗り、都にもどってきたそうだ。シルディスか！　あのオディシアが、シルディスというもとの魔女《まじょ》の名で、その城《しろ》に住んでいたというのだな？　そして、王をたぶらかして、王妃《おうひ》から奪《うば》ったと？」

「おっしゃるとおりです」と、ヤリック。

「で、姫《ひめ》もまた、愛《あい》する人から引きはなされたと？」

「姫のほうは遊び仲間から」ヤリックは答えました。

「ううむ！」と、アリャススはさけびました。「その少年は、花に変《か》えられてしまったのだな。取りもどすことのできない一輪《りん》の花に。わたしにはすべてわかったぞ。あの魔女は、ここにもどってきたとき、町の若者《わかもの》たちを同じ目にあわせていたのだ。花に変え、庭に植えてしまった。もうどこにも見つからないドールの庭に。残念《ざんねん》だが、その庭がなければどうしようもない」

魔法使いはしばらく口を閉《と》じ、そして急にこうききました。

「だが、おまえは、その話とどんな関係《かんけい》がある？」

「ああ、ぼくはただの道化《どうけ》です。ぼくは、あの子の涙《なみだ》を見ていられなかった。ノモノとノジャナイ、ふたりはなかよく遊んでいたのです。ぼくは姫《ひめ》を助けたかったし、姫が旅に出てからは引き止めもしました。そして今……」

「そして今、種《たね》は枯《か》れようとしている」と、アリャススがいいます。「あの娘《むすめ》はこの都の、暗い灰色《はいいろ》をした者のひとりになる。おまえもそうだ、おまえたちふたりは、もはや引きかえせない。あの娘が、種を見つけなければよかったのだが」

ヤリックはつづきを話しました。

「ぼくたちは、夏じゅうさがしました。野原も森も、土のあるところをぜんぶ見てまわりました。花畑や低《ひく》い木の茂《しげ》みのあいだも、穀物《こくもつ》畑のなかもさがし、小川のほとりもさがして歩きました。花は見つからず、あの子の涙にぼくの心は引き裂《さ》かれるようでした。

秋になり、ずっと外でさがしていたいといいはる女の子を、ぼくは、使われていない森の小屋にひっぱっていきました。冬のあいだ、雨露《あめつゆ》をしのげるように。すると、その小屋の窓辺《まどべ》に、あの花をさした花びんがおいてあったのです。花はしおれていましたが、種はまだ生きていました。女の子が声をあげてどんなに喜《よろこ》んだか、ぼくは忘《わす》れません。そして、ぼくがずっとまえにわたした、ペンダントの小箱に種をかくすと、あの子は旅立ってしまったのです。失《うしな》われたドールの都を求《もと》めて、小人の渡《わた》し守《もり》がいる黒い水を越《こ》えて。ドールのことは、ぼくがまえに話してあったので。ぼくはあの子を引き止められず、嵐《あらし》や雪や寒さのなか、山を越《こ》え、森を越え、ひたすらあとを追いました。『ひとりでいかせて』と、いわれましたが、そんなことはできません。ぼくは少しあとからついていきました」

「あの娘《むすめ》を愛《あい》してるのか、ヤリック?」と、魔法使《まほうつか》いがたずねます。

道化《どうけ》はなにも答えません。その代わり、リュートを手に取り七本の弦《げん》をかき鳴らすと、真っ暗な部屋《へや》のなか、静《しず》かな声でうたいだしました。

ぼくは　愛《あい》する人　愛する人を
もう何年も　追いかけて
足は　つかれてくたくた
自分の名も　忘《わす》れてしまった
でも　あの子の名は　忘れない　忘れない
なぜなら　あの子の名は　この歌に　残《のこ》っているから

「その名前はノモノか?　コビトノアイか?」魔法使いは、ぶつぶつと考えこんでいます。

「アノコノナです」と、ヤリックはいいました。「ぼくはそんな名を、いつしか姫《ひめ》につけていました。そしてこの歌をうたいながら、足跡《あしあと》をたどって山からふもとへおり、そこで真っ黒な水のまえにいる小人に出合いました。でも遅《おそ》すぎました。小人は、葦《あし》の小舟《こぶね》に乗せて、あの子をこちら岸にわたしたあとでした。

そのとき、ぼくにはわかったのです。あの子は、ドールの都に入るただひとつの道を見つけたのだと。そして、種《たね》を秘密《ひみつ》の庭にまくまで、決して立ち止まることはないだろうと」

第十七章　ディルさん

コビトノアイは走って、通りをぬけました。今にもくずれそうな家々の窓《まど》が、うつろな目のようにコビトノアイを見おろしています。灰色《はいいろ》の空に鳥の姿《すがた》はなく、ひびわれた石のあいだには、細い葉一枚《まい》、雑草《ざっそう》ひとつ生えていません。足音はなく、くつを両方なくしてしまった今、自分の足音さえ聞こえず、どの道に入っても人の気配《けはい》や命がまったく感じられませんでした。

――どこへいったらいいの？　もう、どこだってかまないわ。庭が見つかるはずないし、銀の本だって、なくしちゃったもの。

コビトノアイは、フロップがとつぜん部屋《へや》のなかに入ってきたとき、本のどんなところを読んでいたのか、思い出そうとしました。

でも、「バケンチョさせられた者がひとり、ばねじかけの壁《かべ》のこちら側《がわ》にふれることがあれば、その……」というあたりから先にいくことができず、「その……なんだったかしら？」と、悲しくなるぐらいなにも思い出せないのでした。

——いくら考えてもしかたがないわ。年寄《としよ》り兵《へい》のイリが、門のところでいってたとおり、わたし、迷子《まいご》になっちゃった。そして冬をまんなかにはさんで、柱時計のふりこみたいに時間が行ったり来たりするこの町から、もう永久《えいきゅう》に出られないんだわ。

コビトノアイは、像《ぞう》がふたつ建《た》っている小さな広場まできました。その像は、口げんかをしている奥《おく》さんたちにそっくりでした。

コビトノアイは身ぶるいし、さらに歩いていきます。けれども急に、こんな考えが浮《う》かんできました。

——少しだけ、わたしも像の姿《すがた》で立ってみたらどうかしら。冷《つめ》たい石の像になれたら、なんにもしないですむのかもしれない。

すると、うしろで足音がしました。大きな足音です。しんとした家々にカツカツとひびく音を聞き、コビトノアイは思わずふりかえりました。そこにいたのは、銀の男でした。

コビトノアイは一瞬《いっしゅん》ぞっとしましたが、すぐにうつむいて、「もうどうだっていい、わたしをつまえるなら、つかまえてちょうだい」と、静《しず》かに立っていました。足音はすぐそばまできましたが、通りすぎていきました。銀の男はコビトノアイにふれもしないで、立ち去ったのです。コビトノアイは男のうしろ姿《すがた》を見送りました。ぴっちりした銀の服に身を包《つつ》み、頭にはかぶとを目深《まぶか》にかぶっています。ひとりきりで、兵隊《へいたい》が行進するときのように、右、左、右、左と足を運んでいます。きっとオディシア軍《ぐん》の兵士《へいし》です。あの兵士たちがこの町に魔法《まほう》をずっとかけているのでしょうか、それとも兵士たち自身も、魔法にかかっているのでしょうか？　あの兵士は、本物の人間？　それともべつのなにかだったりして？

少し先で立ち止まった兵士は、コビトノアイを待っているのか、こちらのほうをふりかえりました。コビトノアイはゆっくりと近づき、顔をあげ、兵士の顔を正面《しょうめん》からのぞきこみました。

──目は見えてるのかしら？　うつろな窓《まど》がふたつ、ついているみたい。口を動かしてしゃべれるの？　それとも、仮面《かめん》の口みたいにまっすぐな線が一本、かいてあるだけ？

コビトノアイは、ぶるっとふるえ、兵士のまえを通りすぎようとしました。でも、そのとき肩《かた》に、ポンと手を感じました。銀の兵士はコビトノアイを引きとめ、ふりむかせようとしているのです。もう一本の手は、首にかけてあるペンダントの鎖《くさり》をつかんでいます。

コビトノアイは、はっとわれにかえり、いきなり力をこめて兵士の顔をバンッとたたきました。

「さわらないで！　あなたのじゃないわ。ノジャナイ、ノジャナイ！」

目に涙《なみだ》を浮《う》かべ、コビトノアイはもう一度顔をたたいてやりましたが、兵士は無表情《むひょうじょう》のまま両手でさらに強く鎖をつかんできました。コビトノアイは、今度は相手をけったり、ひっかいたり、かんだりしてみました。まるで野生の動物、トラになったように戦《たたか》っていましたが、とつぜん、服のしたにかくした銀の小箱をぐっとつかみ、体じゅうの力をこめてひっぱりました。すると、ペンダントの鎖《くさり》がプツンと切れて兵士《へいし》の手に残《のこ》り、そのすきにコビトノアイは、兵士の開《ひら》いた足のあいだをするりとぬけ、小箱を片手《かたて》に逃《に》げだしたのです。

角《かど》をまがり、さらにひとつ、そしてもうひとつまがりました。兵士はあとを追ってきているでしょうか？　ふりかえったり、立ち止まって足音に耳をすましたりしたくはありませんが、そうしなくても、すぐ横にぬけ道が見えました。そこは家々がならんだごくふつうの通りでしたが、一軒《けん》の家のドアが開いています。コビトノアイは息を切らしてなかにとびこむと、ドアをバタンと閉《し》め、はあはあ息をしながら廊下《ろうか》のすみに立ちつくしました。

ほんの一瞬《いっしゅん》、あたりがしんとしました。うしろでなにかが動くかすかな気配《けはい》がして、細い声がきこえました。「お部屋《へや》ですか？」

コビトノアイがふりかえると、やせた男の人が近づいてきます。きらりと光るメガネをかけたそのおじさんは、十四本しか残っていない髪《かみ》の毛を、まるでノートの線のように、きちんとまっすぐ、はげ頭になでつけていました。

「いえ、追いかけられてたんです、銀の兵士に」と、コビトノアイはいいます。

「ほう」と、おじさんは口をすぼめ、コビトノアイを頭からつまさきまで、じろりとながめました。「ふむ、お客さまもご存《ぞん》じのとおり、銀の兵士《へいし》は当ホテルに入ってはいけないことになっています。むこうも当然《とうぜん》ながら、規則《きそく》はきちんと守っていますよ。ですから、ドアを閉《し》めなくたってだいじょうぶ。このホテルは決められたとおり、昼も夜も営業《えいぎょう》しておりますので」おじさんは、玄関《げんかん》ドアのところへいくとできるだけ大きく開け、閉まらないように留《と》め金《がね》をかけました。

「これでよし、と。さて、お泊《と》まりの部屋《へや》をお望《のぞ》みでしょうか？」

「わたしは……あっ、あのう……ええと、喜《よろこ》んで泊まります」

おじさんは、コビトノアイをわきの部屋に連《つ》れていきました。

「わたしの名前はディル。お食事つきホテル〈ディル〉の主《あるじ》です」

「まあ」と、コビトノアイはいい、あたりを見まわしました。そこは、ふつうの部屋というより事務所《じむしょ》に似《に》ていて、テーブルの代わりに仕事机《づくえ》があり、壁《かべ》には絵の代わりに、番号をふったファイルをならべた棚《たな》がおいてあります。

ディルさんは仕事机のまえにすわると、大きな台帳《だいちょう》を開きました。

「お客さまのことを記帳させていただきます。お名前はなんと？」

「あの、ええと、コビトノアイです」

「ふむ！」ディルおじさんは、首をかしげていいました。「知らない名前ですな、この町じゃ知られていない。ひょっとして、お客さまはよそからおいでなのでしょうか？」

ディルさんは、コビトノアイのほっぺたを、じっと見つめています。

コビトノアイは、だまってうなずきました。

「なるほど、通行証《つうこうしょう》はお持ちだと。コビトノアイという字はカタカナで？」

「は、はい」

ディルさんは、ペンでシャカシャカと紙に書きこみました。

「これでよし、と。お部屋《へや》は十二号室、ベランダつきですよ。すぐにご案内《あんない》しましょう」

でも、顔をあげたディルさんの目はコビトノアイを通りこし、外を見ていました。

「おや、あれはお友だちですか？」

コビトノアイもふりかえって、窓《まど》のむこうを見つめると、そこには銀の兵士《へいし》が、まるでなにかの番をしているように、ホテルに背中《せなか》をむけて立っていました。

「お客さまを待っているように見えますが」と、ディルさんはいいます。「なにか規則違反《きそくいはん》をなさったとか？」

「わたしにはわかりません」

「わかりません、ですか！」ディルさんは、光るメガネを透《す》かしてコビトノアイを見つめました。「お客さまも規則をご存《ぞん》じのはずですよ。規則なしでは暮《く》らしていけません！　でもまあ、いいでしょう、わたしには関係《かんけい》ないことですし。わたしはなんでも几帳面《きちょうめん》にやっているんです。規則にしたがわなければ、どうしようもありませんから。ちがいますか？（イ）自分自身の立場（ロ）相手の立場、を知ったうえで、（ハ）物事を正しくおこなえるんです」

「そうですね」コビトノアイは答え、力なくうつむきました。

「なんの考えもなしに、ことを進めることはできないでしょ？」と、ディルさんは、話をつづけます。「なにを始めるにせよ、まず最初《さいしょ》に、規則《きそく》を作っておかないと。（イ）持っている考えぜんぶをリストに書きだす、次に（ロ）持てたらいいなと思っている考えもぜんぶリストにする、こうして（ハ）そのふたつを合わせて結果《けっか》を導《みちび》

きだせる、というわけです。そうして初めて、計画を進めていけるんですよ。ただし」そこまでいうと、ディルさんは指を一本ぴんと立てました。「ただし、最初《さいしょ》に作った規則《きそく》にあくまでも几《き》帳面《ちょうめん》にしたがえば、の話ですよ」

コビトノアイは、銀の小箱のあるあたりを、あいかわらず服のうえから手でおさえていました。

――ノジャナイ、ノジャナイ、わたしはどうしたらいいの？　あなたの心臓《しんぞう》はまだトクトクとってるわ。わたし、感じるもの。そして、外には銀の兵士《へいし》が、わたしを待ち伏《ぶ》せしている。あの兵士に、あなたの心臓をぜったい取られたらいけない。わたしはどうしたらいいの、どこへいったらいいの？　もうだめだわ、ノジャナイ。庭を見つけることなんてできやしない。わたしたち、いったいどうなるの、どこに身をかくしたらいいの？　あなたといっしょに永遠《えいえん》にここにいて、あなたといっしょに、少しずつ枯《か》れていくしかないの？

コビトノアイは、小箱が少し重くなったような気がしました。毎年春がくるたび、重くなるのです。でも、気のせいかもしれません。春分になると、時間が逆《ぎゃく》もどりしてしまうドールでは、ありえないことでした。

「考えてもみてください」と、ディルさんの声はつづきます。「町のおおぜいの人たちが、なにもかもあきらめてしまっています。でも、それはまちがいです。まえに進まなくちゃならないと、規則に書いてあるんですから。そこが大切なんですよ。規則を守るものは、すべてを美しくよいものにするって、父もいっておりました。そうすれば、あとのことはぜんぶ自然《しぜん》についてくるだろうって。ずうっとむかし、わたしは父から、自分のするべきことをぜんぶ書きこめるように方《ほう》眼紙《がんし》をいつももらっていたものです。（1）顔をあらう（2）手をあらう（3）おしりをあらう（4）歯をみがく、というふうにね。そして、ちゃんとできた番号のうしろのマス目に、そのつどバツ印《じるし》をつけていました。しばらくすると、方眼紙なしでもやれるようになりましたがね。暗記してこういいながらね。

顔あらい　手あらい　すませて　しりあらい
最後《さいご》は　ハミガキ　シュシュシュシュのシュ

『そら、規則《きそく》どおりにやれば、すてきな詩だってできるんだ』と、父はいってましたよ」

そのあいだも、コビトノアイは考えこんでいました。

——庭、庭、庭……。庭がどこにも見つからないの、銀の本をなくしてしまったから。フロップにキスをさせてあげほうが、よかったのかもしれない。ひょっとしたら、わたしを助けてくれてたかもしれない。

そこまで考えて、コビトノアイは身ぶるいしました。

――ううん、あのヒキガエルは、べとべとでいじわるで、きたならしい感じがしたわ。ああ、どうしたらいいの、どこへいったらいいの？　銀の兵士《へいし》はずうっと、ホテルの外にいるだろうし。ディルさんはまだいっています。「方眼紙《ほうがんし》がいいんですよ。わたしは今でも、使っております。ホテルの仕事がぜんぶ、そこに書いてあるんです。ずっとそんな表をつけていましてね、うそじゃありませんよ。むかしどおり、するべきことをきちんとこなさなくちゃいけませんから。たとえ、もうお客さまがこなくてもね。といいますのも、あの銀の兵士たちがあらわれてからというもの、時代が変《か》わったんですよ。でもね、たとえお客さまが見えなくても、それはお客さまの問題で、わたしはなんとも思いやしませんよ。毎日ベッドをきれいにして、部屋《へや》のほこりを払《はら》い、窓《まど》をふくんです。十二室ぜんぶね。うちはダブル六部屋、シングルが六部屋ですけれど、リストの表どおりぜんぶ整えるんです。ほかにどうしろっていうんです？　買い物リストも作りますよ、パンに、肉、ミルク、バタークッキーでしょ、値段《ねだん》もぜんぶ書いてから、お店にいくんです。お店は何年もまえから閉《し》まっていますが、それはしかたがないでしょう？　人は自分の規則《きそく》どおりにやりつづけるしかないんですよ。そしたら、ほうらね、ちゃんとまたあなたみたいなお客さまがあらわれた。お部屋をお見せしましょうか？」

　コビトノアイは、ひたすら考えていました。

――あの声、古い塔《とう》に走っていくときに聞こえたあのよび声は、道化《どうけ》の声じゃなかった？　じゃあ、道化《どうけ》は、この町のなかまでわたしを追ってきたのかしら？　いうことを聞いておけばよかった。道化なら助けてくれたかもしれない。もしかしたら、お父さまのいるお城《しろ》にもどったほうがよかったのかもしれない。だけど、あそこには魔女《まじょ》がいる。わたしが大きらいなシルディスがいて、そのシルディスが……。

コビトノアイは、服のしたにかくした銀の小箱を、いっそう強くにぎりしめました。

「ノジャナイ、わたし、あなたとはもう二度と……」

コビトノアイは、そっとひとりごとをいいます。

「失礼《しつれい》、なにかおっしゃいました？」

ディルさんにいわれ、コビトノアイはびっくりして、背《せ》すじをぴんとのばしました。

「い、いえっ……なにも」

「お部屋《へや》をお見せしましょうか、とうかがったのですが」

「ええ、おねがいします」

コビトノアイはそういって、立ちあがりました。ディルさんがまえに立って歩き、廊下《ろうか》をぬけ、ドアの外に出ます。ふたりは壁《かべ》でかこまれた場所にやってきました。

「ここは憩《いこ》いの場でして。お客さまたちがのんびりできる、静《しず》かな場所です」

そこは、壁にそってぐるりとベンチがならび、まんなかはなにもないスペースになっていました。

「バラの苗床《なえどこ》ですよ」ディルさんが、まんなかを指さしながらいいます。「今は、なにも生えておりませんがね。実《じつ》をいうと、もう何年もずっとそうなんです。でも、わたしはきちんと鋤《すき》を入れ、一日に二回、じょうろで水をやっていますよ。そんなふうに長いあいだやっていれば、かならずなにか出てくるはずでしょ？　大切なのは、あきらめずつづけること、すべてリストどおりにこなすことなんです。（イ）一年に一度掘《ほ》りかえす（ロ）一日に一度鋤を入れる（ハ）一日に二度水をやる、というぐあいです。そして、一カ月おきに肥料《ひりょう》をちょっと与《あた》える。つづければ、かならずなにか出てくるはずですよ、ちがいますか？」

コビトノアイは答えません。体を固《かた》くしたまま、きれいに鋤の線が入ったからっぽの砂地《すなち》を、ひたすら見つめていました。

「なにか気になることでも？」ディルさんがたずねます。

「いっ、いいえ」コビトノアイは、かすれた声で答えました。

そのあと、ふたりは、ベランダ付きの十二号室まで歩いていきました。

真夜中、目をさましたコビトノアイはそっと階段《かいだん》をおりて、さっきの場所にむかいました。からっぽの砂地の横にひざをつくと、銀の小箱を取りだし、トクトクと音をたてている種《たね》を出して注意深く埋《う》め、砂土をかぶせてやりました。

そして、こうささやきました。

「ノジャナイ、ここなら安全よ。わたしはここに、あなたのそばにずっといるわ。わたしたちがいっしょに枯《か》れ、この失《うしな》われた都の永遠《えいえん》につづく冬のなかで死ぬときまで。ノジャナイ、あなたを救《すく》いだせなくて、ほんとにごめんなさい。あなたとは二度と会えない、あの庭でいっしょに遊ぶことはもう二度とできないの。そして、ノモノという名前もこれからは二度と使わない。さよなら、ノジャナイ」

コビトノアイは立ちあがると、足音をしのばせ、部屋《へや》にもどっていきました。種《たね》をまいた地面に、六つぶの涙《なみだ》を残《のこ》して。

第十八章　七回目の夏

　ヤリックは、まぶしい光に、目をぱちぱちさせました。はっきりした計画を心に抱《いだ》いて、魔法《まほう》使《つか》いの真っ暗な家から外に出てきたところでした。コビトノアイをさがしだし、いっしょにこの町をはなれることができればと思っていたのです。

　ドールの灰色《はいいろ》の光は、ほんとうに明るくなったのでしょうか。それとも、暗やみから出てきたせいでそう思えるだけでしょうか？　ヤリックは足のむくまま通りをぬけ、まえにコビトノアイをちらりと見かけた古い塔《とう》をさがしながら、広場をよこぎりました。もっとも、コビトノアイがまだそこにいるのか、それともどこかちがうところへいってしまったのか、ヤリックにはもちろんわかりません。

――この町でコビトノアイを見つける苦労《くろう》に比《くら》べれば、野原に一輪《りん》の花を見つけるほうが、まだ簡単《かんたん》だよ。ヤリックはそう思いましたが、気持ちがくじけることはなく、どんどん明るい気持ちになっていきました。そうして、リュートを腕《うで》に抱《だ》き、ポロンポロンと弾《ひ》きはじめたのです。

暗い感じのする通りが、ほんとうに少し明るくなったのでしょうか。それとも、ヤリックが音楽を弾いているせいで、そう思えるだけでしょうか？　家々の窓《まど》は、もううつろな感じはせず、いまにも眠《ねむ》りからさめそうな目のように見えました。

ヤリックはうたいはじめました。

コビトノアイ　コビトノアイ
出てきておくれ　おねがいだ
ここにいるのか　あそこにいるのか
さがしているんだ　さあ　おいで

「まえは、もっといい歌を思いついたのになあ。ぼくの頭のなかは、この町のせいで、かすみがかかってるんだ」

ヤリックは「ヘイ、ホイ」と、家々の壁《かべ》に鳴りひびくほど大きな声をあげ、ますますいい気分になっています。そしてもう一度、リュートをかき鳴らし、もうちょっと声をあげ、もうちょっとリズミカルな歌をうたいました。

魔女《まじょ》の　ばあさん　シルディスは
道化《どうけ》が　毎日　やっていた
おふざけなんか　だいきらい
ランラン　うたい　ぴょんと　はね
ああ　シルディスには　たまらない
魔女さん　笑《わら》ってないですか？
お仲間になったら？　ふん！

ヤリックは、ぼろぼろとくずれる石の道を足でふみ鳴らしながら、この歌をまたうたってみました。なにしろ、ほんとうにいい気分だったのです。

そうして広場につきました。広場のまんなかに立ってまわりをぐるりと見まわし、ヤリックは和音をにぎやかにジャ、ジャ、ジャンと鳴らすと、うたいだしました。

カエルと　ヨシキリ　もぐってた

ヨシのなかに　もぐってた
だめだめ　やめて
キリキリしないで
ヨシキリ　きっぱり　さけびだす
あたしゃヨシキリ　キリキリはいや

だけどヨシキリ　げんきになった
みちガエルほど　おもいっきり
ちょっとキリキリ　げんきモリモリ
ヨシキリ　キリキリ　ゲンキ　モリモリ！

カエルが　キリキリ
ヨシキリ　キリキリ
だあれもみてない　ヨシのなか
ヨシキリ　キリキリ　ゲンキ　モリモリ
ヨシキリ　キリキリ　ゲンキ　モリモリ！

灰色《はいいろ》の空は、ほんとに少し明るくなったのでしょうか？　町の人たちが何人か家から出てきたかと思うと、おどおどとまばたきし、口をぽかんと開けていました。

「ヘイ、ホイ！　吟遊《ぎんゆう》詩人に小銭《こぜに》を恵《めぐ》んでくれませんか？」そういうと、ヤリックは、七本の弦《げん》を同時にジャランと鳴らしました。

人びとは、こわごわとあたりを見まわしながら近よってきます。

ヤリックは、またもうひとつ新しい歌をうたいだしました。

銀　銀
銀の兵隊《へいたい》　おいちっに　さんし
ご愛用《あいよう》　ご愛用の
ブーツにゃ　でっかい　どでかい　あーな
おれたち　おれたちは　つかまって　たまるか
おれたち　おれたちは　こわがって　たまるか
銀の　兵隊　なんか！

ヤリックのまわりには、今ではたいへんな人の輪《わ》ができています。だれも口を開きませんが、ときどき笑顔《えがお》が浮《う》かぶようになりました。空を見あげている人たちもいて、人びとの目に少しずつかがやきがもどってきています。

「ヘイ、ホイ！」

ヤリックは声をかけ、リュートを鳴らしながら、おどけた足どりで少し踊《おど》ってみせました。すると人びとの列に動きが見え、はじめは用心しいしいでしたが、そのうちにだいぶちゃんとした熱《ねつ》のこもった動きを見せるようになりました。

「ぴょん、ぴょん、さかだちも！」とヤリックはさけび、みんなを誘《さそ》うように踊ったので、暗い顔をしていたドールの人たちが、とうとうむかしのおまつりがもどってきたように、輪になって踊りだしたのです。

ヨシキリ　キリキリ　ゲンキ　モリモリ！

町の人たちは声をはりあげ、広場じゅうにこだまするいきおいでうたっています。ヤリックは思いました。

——なにかが起きた、起こったんだ。ぼくひとりの力で、こうなるはずがないもの。

踊《おど》りの最中《さいちゅう》だったので、だれひとり、広場を歩いてくる銀の兵士《へいし》に気がつきませんでした。兵士が両手をあげ、魔法《まほう》をかけるしぐさをしたのにも気がつきません。しかしその瞬間《しゅんかん》、さけび声がひびき、人びとの歌はやみ、あらゆる動きがこわばりました。優雅《ゆうが》なポーズをさまざまに取った舞踊団《ぶようだん》の作り物みたいに、石の像《ぞう》が二十、三十、五十も広場に立ちならんだのです。一本足で立っている者もいれば、腕《うで》を羽のように広げた者もいて、まんなかにはリュートを持った吟遊《ぎんゆう》詩人がいました。

銀の兵士は、にやりとしました。

しかし、そのとき奇跡《きせき》が起こったのです。暗い空のてっぺんの雲が少しずつうすくなり、裂《さ》け目ができ、そこからひとすじの日の光がさしこんで石の像の群《む》れにあたりました。すると石はみるみる人間にもどり、吟遊詩人をまんなかにまるでなにごともなかったように踊ったり、とびはねたり、うたったりをつづけたのです。

今度は、銀の兵士がさけび声をあげる番でした。おびえた顔で、兵士は立ち去っていきました。

「なにかが起きたんだ！　みんな、おいで、いっしょに見にいこう！」

ヤリックはそうよびかけると、広場をはなれ、みんなもそのあとを楽しいおまつり気分の足どりでついていきます。なにをさがしているのか、それがどこにあるのか、ヤリックにはわかりませんが、あらためて、どこかにひっぱられていく感じがしました。ヤリックのうしろを歩く町の住民《じゅうみん》たちはどんどんふえ、家から人が出てくるたび、いっそう元気よく、声を合わせてうたうのでした。

おれたち　おれたちは　こわがって　たまるか
銀の兵隊《へいたい》なんか
おれたち　おれたちは　されて　たまるか
石の像《ぞう》なんかに

ヨーヨーばあさんも、小鳥みたいにおそるおそる家から出てきて、人の群《む》れに足をひきずりながらついていきます。目の見えない魔法使《まほうつか》いも歌声を耳にすると、よろよろと外に出て、興奮《こうふん》にふるえながらいっしょに連《つ》れていってもらいました。あのエイプセは、ヘアカーラーをつけたまま走ってきて、みんなのあいだを縫《ぬ》うように踊《おど》っています。小さなムフはスキップでついていき、みんなが古い塔《とう》までやってきたときには、ヒキガエルのフロップも地下室の鉄格子《てつごうし》のあいだから、「おれも外に出してくれえ、フロップも仲間だよう」と、嘆《なげ》きの声をあげました。

この通りをいって、あの角《かど》をまがり、次を右に入るんだと、ヤリックは考えました。足のむくまま進んでいましたが、コビトノアイがまえに歩いた道を、そうとは知らずにたどっていたのです。

そして、開いたドアのまえで見張《みは》りをしている銀の兵士《へいし》を見かけたとたん、あそこにコビトノアイがいるんだと、ヤリックはぴんときました。人びとは立ち止まり、あたりはしんとしています。うつろな目をした兵士は、身動きしません。ヤリックはそちらへ、少しずつ近づいていきました。ただの銀の像《ぞう》のように見える兵士は、まばたきひとつしません。石になってしまったのでしょうか？

ひょいと兵士のわきをぬけ、開いているドアのなかへ入りました。でも、なにも起こりません。ヤリックは廊下《ろうか》からそっとよびかけました。

「コビトノアイ？　コビトノアイ、そこにいるのかい？」

答えはありません。

「ノモノ？　ぼくだよ、道化《どうけ》だ！　きみを迎《むか》えにきたんだ。いっしょに家に帰らないか？」

あたりは、しんとしたままでした。

ヤリックは階段《かいだん》のしたまで歩いていきました。二階にあがろうとしたちょうどそのとき、ギシッと段がきしむ音が聞こえ、ひとりのおじさんが姿《すがた》をあらわしました。

「部屋《へや》をおさがしですか？」

「部屋？　どうしてまた、そんなことを？　ぼくは、ここにかならずいるはずの人をさがしてるんです。女の子なんです」

「当ホテルに宿泊中《しゅくはくちゅう》のお客さまは、現在《げんざい》、おひとりだけでして。若《わか》い娘《むすめ》さんですよ」

「どこです？　よんでくるか、ぼくをその人のところへ案内《あんない》してください！」

おじさんは落ちつきはらって階段《かいだん》をしたままでおりると、ヤリックのまえに立ち、手をさっとさしだしました。

「ディルと申《もう》します。昼夜営業《えいぎょう》のホテル〈ディル〉の主《あるじ》でして」

「あっ、そう！」ヤリックは、待ちきれずにいいました。「ノモノ！　ぼくを、ノモノのところに連《つ》れていってください」

「ノモノさん？」

「じゃなかったら、コビトノアイです」

「コビトノアイさんですか、なるほど。そのお名前でしたら記帳《きちょう》しました。十二号室です、どうぞこちらへ」

ディルさんはヤリックの先に立って廊下《ろうか》を歩き、憩《いこ》いの場に通じるドアを開けました。

「その娘さんは、このホテルに滞在《たいざい》してかなりになりますが、お部屋《へや》から決してお出《で》にならないんです。お食事もいらないといわれますし、ようすがおかしくてね。それでも、一日三回、お食事は運んでいますよ。〝規則《きそく》正しく〟がなによりですから。どんよりした雲が少し消え、日がさしこんできましたね。空も晴れてきたし、まるで季節《きせつ》が変《か》わるみたいな……なにも起こらなくって、もうずいぶんになりますから。お客さまも、よそからいらっしゃったんで？」

この質問《しつもん》の答えなのか、さけび声があがりました。ディルさんは、びっくりして、うしろをふりむきました。

するとヤリックが、とびだすほど大きな目で、憩《いこ》いの場のまんなかを見つめていたのです。

「いやはや」と、ディルさんはいいました。「さっき申《もう》しあげたとおり、季節がやはり変わりはじめているようですな。ちゃんと規則《きそく》どおりにやっていれば、いつかは、なにかが起こるんです。このわたしが土を掘《ほ》りかえして、鋤《すき》でたがやし、水をやっていたんですよ。毎日毎日、リストにしたがってもう何年もやってきたら、ごらんのとおりというわけで。しかし、あれがバラかというとよくわかりませんな。以前《いぜん》、あそこにはバラが植《う》わってたんですが、あれはわたしの知らない花です」

「コビトノアイ、コビトノアイ！　早くおいで。くるんだ！」と、ヤリックはさけびました。

「そんなにどなる必要《ひつよう》はございません。わたしがひとまず娘《むすめ》さんのところにいって、およびしてきましょう」ディルさんはそういって、出ていきました。

コビトノアイは憩《いこ》いの場までやってくると、体をこわばらせて立ちつくしました。ヤリックが近づいても気がつかず、手をにぎってもなにも感じません。ヤリックがまんなかの砂地《すなち》にひっぱっていくと、コビトノアイは、夢《ゆめ》のなかを歩くような足どりでついてきました。

「コビトノアイ……」

けれども、コビトノアイに、ヤリックの声は聞こえません。

「ノジャナイ。ノジャナイがちゃんと……」コビトノアイは、かすれた声でささやきました。それ以上《いじょう》言葉にはならなくて、体じゅうをぶるぶるとふるわせ、わあっと泣《な》きだしてしまいました。

「コビトノアイ、たぶん、奇跡《きせき》が起こってるんだ。町じゅうが明るくなって、人びとは歩きはじめ、銀の兵士《へいし》たちの力は弱まっている。ぼくが思うに、それはぜんぶ、ここで起こっていることと関係《かんけい》してるみたいなんだ」

ヤリックは、やさしくいいました。

けれども、コビトノアイはなにも聞いていないようでした。憩《いこ》いの場の乾《かわ》いた地面に育ち、すでに大きなつぼみをつけている植物を食い入《い》るように見つめています。コビトノアイは涙《なみだ》を流し、

「ノジャナイ」と、ひとことつぶやいただけでした。

空はいっそう明るくなり、うすくなった灰色《はいいろ》の雲の破《やぶ》れ目から、青空のきれはしがのぞきました。町じゅうに、ズーンとふしぎな音がひびいているようです。空の青いところはさらに明るくなって、灰色の雲のふちが、銀色にかがやいていました。それがもう少し、さらに少しかがやき

を増《ま》したかと思うと、強い光線が何本もぱあっとさしこみ、砂地《すなち》に暖《あたた》かな光を投げかけました。

その光があの植物の葉や、くきや、つぼみを照《て》らすと、まるで魔法《まほう》の布《ぬの》にふれたように、つぼみが開いたのです。いつものスピードより、もっとずっと早く花びらを開き、一瞬《いっしゅん》のあいだに太陽のほうに花のむきをくるっと変《か》え、そのあと、思ってもみなかったことが起こりました。

地面が動き、砂がぱっくりと裂《さ》け、枝《えだ》がふるえて花の形が変わっていきます。花は目、ほほ、髪《かみ》、口になり、あごになりました。くきの部分は首に、胸《むね》に、おなかに変わり、葉っぱは腕《うで》や指になりました。地面のところではくきが分かれて二本の足となり、体をひきはがそうとしています。大きなさけび声、ふうっふうっと荒《あら》い息づかいが聞こえ、腕を動かして足をバタバタさせる音、そしてまた一度、もう一度、さけび声があがりました。そのとたん、だれかが地面をころがり、ぴょんととびあがったかと思うとパチパチ拍手《はくしゅ》しながら走りまわり、手をふったり踊《おど》ったり、とんぼがえりしたりしたあと、ようやくその場に静かに立ったのです。

コビトノアイは、体じゅうにふるえが走るのを感じました。ひとことも言葉を発することができず、口を開けたまま、目のまえで起きた奇跡《きせき》を見つめました。そこにいたのは、ノジャナイでした。むかし、いっしょに木にのぼったり、小川で魚釣《さかなつ》りをしたり、秘密《ひみつ》の小屋を建《た》てたりした庭師《にわし》の男の子が立っていたのです。それも、すっかり大きくなった姿《すがた》で。シャツははちきれそうで、ズボンは短すぎるうえぼろぼろ、むきだしのすねには黒い土がこびりついていました。

「ノジャナイ」と、コビトノアイはよびかけようとしましたが、声にはならず、男の子の顔や目をただ見つめていました。その子は、たしかにあのノジャナイでしたが、なにかがくわわっていました。むかしと変《か》わらぬ目のなかに、コビトノアイが初めて目にする火花が見え、コビトノアイも心に同じものを感じていたのです。もし、ノジャナイが見つめてくれたら、ふたりのあいだにぱちぱちと火花が散《ち》りあうことさえあったかもしれません。

――わたしを見つめて。おねがい。あなたを救《すく》いだしたのは、このわたしなのよ。

けれどもノジャナイはそうしてくれず、遠くに耳をすまし、なにかを見つめているようでした。まるで、ノジャナイには、憩《いこ》いの場をかこむ壁《かべ》のむこうが透《す》けて見えるようです。そしてとつぜん動きだしたかと思うと、廊下《ろうか》や通りへつながっているドアにまっすぐむかっていきました。

まるで魔法《まほう》が破《やぶ》れたように、コビトノアイはびくんとして、とびあがりました。

「ノジャナイ！」今度は声にしてさけび、あとを追って腕《うで》をつかまえます。

でも庭師《にわし》の男の子は、きみなんて知らない、という顔でノモノを押《お》しのけ、廊下から通りへと出ていきました。

「ノジャナイ！」

男の子は、ふりかえりもしませんでした。


ヤリックは、ずっとうしろにひかえていましたが、コビトノアイのほうへいくと肩《かた》に腕《うで》をまわし、こういいました。

「おいで、ノジャナイのあとについていこう。なにかが起きるんだ」

コビトノアイには、その言葉も聞こえていないようでしたが、おとなしく廊下から玄関《げんかん》のドアのほうへついていきました。

「ちょっとちょっと、それは困《こま》ります！」ディルさんの甲高《かんだか》い声が、ふたりのうしろでひびいています。「娘《むすめ》さんには宿泊代《しゅくはくだい》を払《はら》っていただかないと！　リストに書いてあるとおり、日数分のお食事とお飲み物代金もふくめた十二号室の料金《りょうきん》を……」

しかし、ディルさんもそれ以上《いじょう》なにもいえなくなりました。自分の目をうたがうように、両手で金ぶちメガネのふちをにぎりしめています。通りはたいへんな人だかりで、それは規則《きそく》に反《はん》することでした。しかも何日間もホテルのまえに立っていた銀の兵士《へいし》が、いなくなっていたのです。いいえ、兵士は顔をおおうように腕《うで》をあげ、後ろへ、後ろへと、あとじさりしていました。ぼろぼろのズボンをはき、よごれたすねをむきだしにした流れ者のような男の子が先に立って、兵士を追いつめていたのです。コビトノアイがそのあとにつづき、迎《むか》えにきた吟遊《ぎんゆう》詩人もいっしょでした。

ディルさんは、肩《かた》をがっくりと落としました。これは夢《ゆめ》にちがいない、リストと食《く》いちがうことが起《お》きるのは夢のなかだけだから、と思いました。そのとき、とつぜんむきを変《か》えた銀の兵士が「うおーっ」と、さけびながら通りから逃《に》げだしていきました。いっぽう人びとも、大喜《おおよろこ》びで「うおーっ」と、さけんでいます。はやしたり、うたったり、踊《おど》ったりしながら、みんなは流れ者の男の子のあとをついていきました。ディルさんもいきなりひっぱりこまれ、とつぜん、今までやったことのない、ゆかいな踊りのステップをふみはじめました。頭になでつけた十四本の髪《かみ》の毛も、子どもがノートにしたらくがきみたいに、ぐちゃぐちゃになっています。

ドールのぼろぼろに乾《かわ》いた道を、ノジャナイは、ますます多くの人をあとにしたがえながら進んでいきました。家々には命がもどってきたようで、うつろな目のようだった窓《まど》も、あたりまえの窓になり、町じゅう石もそれほど暗い感じには見えなくなりました。明るい光のせいでしょうか？　広場には、馬車の残《のこ》した黒い車輪《しゃりん》の跡《あと》が、くっきりと浮《う》かんでいます。だれかがなぞってえがいたのでしょうか、それともやはりこの明るい光のせいなのでしょうか？

庭師《にわし》の男の子がその車輪の跡をたどって、通りから通りへと歩いていきます。目の見えない魔法使《まほうつか》いが――いったいどのくらいまえだったでしょう――手さぐりで通ったのと同じ道をたどると、むかし黒い車輪の跡が消えていった壁《かべ》にぶつかりました。けれどもノジャナイは、壁などもともとないような顔つきで歩きつづけ、鼻を壁にぶつけそうになったとき、そこにはもう、壁はありませんでした。初めから存在《そんざい》しなかったみたいに、すっかり消えていたのです。

ドールの町に、三回目の日の光がさしこみました。長年、町をおおっていた暗い雲の幕《まく》が、風に飛《と》ばされてすっかりちぎれ、ぴんとはった青空が広がっています。けれども、だれも空を見あげようとはしません。というのも、まさに目のまえで、みずみずしくかぐわしい野原が日の光にかがやいていたからです。背《せ》の高い木々の葉はサワサワとそよぎ、茂《しげ》みや生垣《いけがき》、下生《したば》え、池に土手《どて》、小道、積《つ》み重なった岩、そのうえ花壇《かだん》まで広がっていました。花でいっぱいの花壇でした。それだけではなく、草のあいだ、やぶの外、池のまわり、小道のあいだ、木のした、石のすきまにも花が咲《さ》いています。赤、黄、青、白と、色もさまざま、形も大小さまざまでした。切り花に使う花もあれば、雑草《ざっそう》の花もあり、野生の花、栽培《さいばい》された花もありました。タンポポもランも混《ま》じっていて、それが数百、数千、数万本も咲《さ》きならんでいたのです。

失《うしな》われた都の住民《じゅうみん》たちは、はてしない灰色《はいいろ》の冬が終わったとたん、こうしてとつぜん、暖《あたた》かで色とりどりの夏の始めにいたのでした。うしろの町のほうから、ガラゴロン時計の鐘《かね》がたてつづけに鳴りひびいています。古い塔《とう》は、時間を取りもどすのに大いそがしなのです。

「庭だ、庭だ、ドールの庭だ！」

人びとはさけび、鎖《くさり》をはずされた犬が野原をかけまわるように、草のなかではねたり、踊《おど》ったり、ころがったりしました。

コビトノアイは、あの種《たね》を、正しい場所に埋《う》めたのです。そして自分の遊び仲間を自由にしただけでなく、ドール全体を解《と》きはなったのです。

「ノジャナイ！」

コビトノアイはさけび、その腕《うで》をもう一度ひっぱってみました。今度こそ自分をふりかえってくれたら、ふたりの火花がきらめきあったら、とねがいをかけて。

けれどもノジャナイはふりかえりません。もうヤリックにさえ、コビトノアイをなぐさめることはできませんでした。

第十九章　魔法《まほう》の終わり

なにも気がついていなかったのは、町の門の外にいた年寄《としよ》り兵《へい》のイリだけでした。ガラゴロン時計が鳴りひびく音も聞こえなかったのです。けれども昼寝《ひるね》の最中《さいちゅう》だったイリは、べつの音、馬のひづめときしむ車輪《しゃりん》の音に目をさまし、がばっとはね起きました。

黒い馬車が門のまえで止まりました。葦《あし》の舟《ふね》をあやつっていた小人が、御者台《ぎょしゃだい》からぴょんととびおりると、イリのほうへやってきました。

「おい、門のとびらを開けろ！　魔法の君《きみ》はおいそぎなんだ」

小人は、いじわるな声で命令《めいれい》しました。

イリが馬車をのぞきこむと、そこには、今まで見たこともないほど美しい女性《じょせい》がすわっていました。長い髪《かみ》が、背《せ》もたれにおいたまくらにかかっています。まくらはどれも銀色でした。

「でも、あれはいったいどなたで？」イリは小人にききましたが、答えのかわりに、かみつくような声がかえってきました。

「いそげ！　門を開けろ！」

イリはかたほうだけブーツをはいた足で、門のカギを取りに、あわてて小屋のなかに入りました。

そして外に出てきたとき、イリの目に、またべつのなにかが見えました。

馬車のうしろに、きっちり整列した銀の軍隊《ぐんたい》がひかえ、町にのりこもうとしていたのです。

「なにかが起きようとしている。こりゃ、ただごとじゃないぞ」と、年寄《としよ》り兵《へい》はつぶやきました。

さびたカギが、カギ穴《あな》のなかでギーッといい、門のとびらが悲しそうな音をたてて開きました。

「おれになにができる？」黒い馬車が門のなかに入っていくあいだ、イリはそう思い、兵士たちを見つめていました。隊長《たいちょう》が銀の胸《むね》をはって、先頭を行進していきます。それを見たとたん、イリはカミナリに打たれたようになり、むかしの思い出が新しい炎《ほのお》となって燃《も》えあがりました。隊長の銀の胸には、心臓《しんぞう》のあたりに、ブーツの黒い跡《あと》が残《のこ》っていたからです。

イリは、とつぜん深い眠《ねむ》りから目をさましたように、自分の役目をようやく思い出しました。気がつくとくるりとむきを変《か》え、門を開けたまま、見張《みは》り小屋のうしろにある城壁《じょうへき》をのぼりはじめたのです。長い年月のうちに、土の階段《かいだん》はくずれていましたが、イリにはここを歩いたのがついきのうのことのように思えました。

城壁《じょうへき》のうえの町を見晴らせるところまでくると、塔《とう》の時計の音が聞こえてきました。あたりの草はずいぶんのびています。イリは背中《せなか》をまるめ、草をかきわけながら、なにかをさがして前へ前へと歩いていきました。手にふれたかたいものを、イリは草を横にたおして見つめました。それは、大砲《たいほう》ブレンツのさびついた砲身《ほうしん》でした。

ヨーヨーばあさんは、池のそばのベンチに腰《こし》をおろしたところでした。でも、自分が年寄《としよ》りだとはもう感じていません。時間が逆《ぎゃく》もどりして、また踊《おど》れるんじゃないかと思えるほどでした。

「おや、あたしの頭がおかしくなったのかね？」と、ヨーヨーは思いました。というのも、池のほとりに咲《さ》いていたなんとも美しい花が、とつぜん姿《すがた》を変《か》えはじめたのです。くきがだんだんと太くなり、地面のところでふたつに分かれ、花の部分がふるえると、目や鼻、耳や首ができてきました。悪夢《あくむ》のようなできごとにヨーヨーは悲鳴をあげましたが、そのあとヨーヨーの目のまえに、いったいだれが立っていたでしょう？

「ああ！　夢《ゆめ》を見てるんじゃなかろうか。アカユビワ、あんたなんだね！　あたしをもっと早く起こしてくれればよかったのに。ほんとうにつらかったよ」

けれどもアカユビワは、ヨーヨーを見ようとはしません。誇《ほこ》らしげに頭を起こし、遠くの音に耳をすまし、遠くのものを見つめていました。

「アカユビワ！」

けれどもアカユビワは返事をせず、足早に立ち去ったのです。

「アカユビワ、あたしがヨーヨーだ、妹じゃないんだよ。こっちにきて！」

けれどもアカユビワはふりかえろうともしないで、庭の出口のほうへ歩いていきました。


野原のまんなかに立っているのは、目の見えない魔《ま》法使《ほうつか》いのアリャススです。耳に手をあて、こうつぶやいていました。「シルディス……いや、オディシア！　あいつがもどってきたのか。馬車がガラガラと町を通る音、銀の軍隊《ぐんたい》が行進する音が、わたしには聞こえる。あいつは全軍《ぜんぐん》を率《ひき》いてやってきたのだ。オディシアとドールの戦《たたか》いになるだろう。そしてどちらが勝つのだ？　わたしもなにかしなければ。だがここで、なにができる？」

エイプセは、ぼうぼうと生えた草のなか、道化《どうけ》のようにとんぼがえりをしていました。うれしくてたまらず、笑《わら》いころげています。どの花も男の人に変《か》わっていくからです。エイプセの髪《かみ》は風になびき――ヘアカーラーも、ずいぶんまえになくしてしまいましたが、そんなこと、どうだってかまいません。この美しい自然《しぜん》のなかでは、なんだって許《ゆる》されるはずです。

「こんにちは！　いい気持ちじゃない？」と、エイプセはよびかけました。けれども男たちはだれひとり、エイプセをふりかえろうとしません。

「いっしょに踊《おど》らない？」エイプセはまたよびかけましたが、男たちはみな、庭の出口のほうへ足早にむかっていきます。

エイプセはチョウチョを見て、「わたしのドレスが！　ドレスが飛《と》んでいくわ！」と、さけびました。

ムフは、若者《わかもの》たちのあとについて庭をぬけ、兵隊《へいたい》のように行進しています。

「だってぼく、兵隊になりかったんだ。兵隊はぜったいに、こわがらないもん」

それから、太ったものぐさな男が、長いベンチにぽつんとひとりですわっていました。男ではなく、大きなヒキガエルなのでしょうか？　しめった手をひざにのせ、自分のまわりの生き物すべてを、ものほしそうに見まわしています。ずいぶん迷《まよ》ったあげく、フロップは古い時《と》計塔《けいとう》のしたにある地下室から、のそのそとはいだしてきたのです。「フロップは孤独《こどく》だ。でももうすぐ、だれかがきてくれる。そのことはたしかなんだ」と、つぶやいていました。

ディルさんは大きな葉を何枚《まい》も摘《つ》んで、王冠《おうかん》のように頭に飾《かざ》っていました。

「おまつりなら、おめかしないと」ディルさんのメガネは、日にピカピカとかがやいています。

「あの若者《わかもの》たちは、いったいどこからきたんだろう？　庭に入るところは見なかったのに、どうして、そこから出てこられるんだろう？」

ディルさんはびっくりして、つぶやきました。そして頭をふりふり、隊列《たいれつ》を組んだ軍隊《ぐんたい》みたいに若者たちが集まっている、庭の出口を見ました。

「これは規則《きそく》どおりじゃないな」

次の瞬間《しゅんかん》、ディルさんは、夢《ゆめ》を見ているのかと思いました。自分のすぐまえに、花をつけた大きな植物が何本かさっきまで立っていたのですが、そこに若者たちが何人かあらわれ、ディルさんには目もくれずに庭の出口へむかっていき、他の人たちに混《ま》じったからです。

こうして、ふたつの軍隊がにらみあう形となりました。ひとつは、ブーツの黒い跡《あと》を胸《むね》につけた隊長が率《ひき》いる銀の軍隊で、シルディスが黒い馬車からけしかけています。もうひとつは、魔法《まほう》によって花に変《か》えられ、一度としてつぼみを開くことができず、かくされた庭に長いあいだ立ちつづけていた、ドールの若者たちの軍隊でした。お城《しろ》の庭師《にわし》の子、ノジャナイが先頭です。

灰色《はいいろ》の町と、夏の庭のさかいめで、おそろしい戦《たたか》いが始まりました。

ヤリックとコビトノアイは、押《お》しあいへしあいする人の群《む》れからぬけだしていました。ふたりはいま、そこからずっとはなれていき、小さな野原に立っています。

「女も吟遊詩人《ぎんゆうしじん》も、軍隊《ぐんたい》とは関係《かんけい》ないよ」とヤリックはいいましたが、コビトノアイはだまっています。

ふたりはアリャススの姿《すがた》に気がつき、手をひいてあげようと、そちらへむかいました。目の見えない魔法使《まほうつか》いはふたりの手をさわって、「ヤリックにコビトノアイだな」とつぶやきました。

「銀の軍隊が勝つだろう。ここから逃《に》げなさい」

「だけど、できることは、なにもないんですか？」と、ヤリックがたずねます。

「シルディスをたおすすべはない。魔女を打ちたおせるのは、銀の弾《たま》だけだ。さあ、逃げなさい」

「いいえ、ノジャナイとわたしの運命はいっしょです」と、コビトノアイはいいました。戦《たたか》う人たちのさけび声はさらに高まり、年老《としお》いた魔法使いの足もとはふらついています。

「アリャススを、すわらせてあげよう」

ヤリックはコビトノアイに小声でいい、ふたりはアリャススを長いベンチに連《つ》れていきました。するとそこにはすでに、ひとりぼっちのだれかがすわっていました。

「おやまあ！　いったいどなたかと思ったら。おれをつれなく残《のこ》していった、かわいい若葉《わかば》ちゃんではないの」と、だれかの声がひびきました。

そう、ヒキガエルのフロップでした。フロップはコビトノアイのほうへすぐにすりよってきましたが、コビトノアイは目もくれず、返事もしませんでした。

「その子をそっとしておくんだ、おいぼれガエル」と、魔法使《まほうつか》いはいいます。

けれども、フロップは、さらにいいました。

「おれがとっといたものを、見てごらん」

フロップは上着のしたから、なにかをひっぱりだしました。それはコビトノアイが地下の暗い廊下《ろうか》でなくした、あの銀のくつでした。そのくつを見たとたん、コビトノアイはとつぜん年寄《としよ》り兵《へい》のイリや大砲《たいほう》ブレンツ、そしてイリの最後《さいご》の戦《たたか》いのことを思い出しました。

「銀の弾《たま》だわ！」コビトノアイはそっとつぶやきます。「イリのブーツは役に立たなかったけれど、わたしのくつ、ノモノのものなら、きっと役に立つわ！」

「今、なにかいったかい？」ヤリックが声をかけました。

コビトノアイはいきおいよく立ちあがり、「ノジャナーイ！」と、両軍《りょうぐん》が戦っているあたりにむかってさけびました。「がんばって、ノジャナイ。すぐにいくわ！　待ってて、今こそ、ノモノが魔女《まじょ》をやっつけてやる！」

そういったあと、ヒキガエルのほうをむきました。

「わたしのくつを、かえしてちょうだい」

「キスひとつで、いや、キス三つで！」フロップは、よくばっていいます。

「そりゃ、どういう意味だ？」と、ヤリック。

「その子の好《す》きにさせなさい、道化《どうけ》よ」と、アリャスス。

コビトノアイは体をかがめました。すると、ヒキガエルはひんやりした手でその首に抱《だ》きつき、コビトノアイは、ふにゃっとしたくちびると熱《あつ》い息をほほに感じました。キスをされたのは、小人のキスの跡《あと》があるほうではなく、反対側《はんたいがわ》のほほです。コビトノアイはいやでたまらず、思わず身ぶるいしました。

フロップははあはあしながら、「これで三つ。もうひとつ、四つめも」といいましたが、コビトノアイは体を引きはなすと、フロップの手から銀のくつを取りあげました。

「アリャスス、どの道をいったら門につくの？」

「ぐるっとまわれ。城壁《じょうへき》にそって、町をぐるっとまわるんだ。いそぎなさい。そして、いま手に持っているものを、なくすんじゃないぞ」

コビトノアイは、銀のくつを胸《むね》にぎゅっと抱きしめ、走って野原をよこぎっていきます。

「いったい、どういうことです？　なにが起きているか、どうしてあなたにわかるんです？」ヤリックはききます。

「見えない者は見えない分だけ、多くのことがわかるのだ」アリャススは、そう答えました。

軍隊《ぐんたい》の戦《たたか》いの音に加《くわ》え、今ではシルディスの甲高《かんだか》い声がひびいてきます。魔女《まじょ》は黒い馬車の屋根のうえに立ちあがり、怒《いか》りにぎらぎらと燃《も》える目で自分の兵士《へいし》たちをにらみつけ、「いけ、いけえ」と、けしかけているのです。


イリは大砲《たいほう》ブレンツのさびついた砲身《ほうしん》にほっぺたをあてて、かた目をつぶり、「これでよし。あとは火薬にまかせるだけだ」と、つぶやきました。

それからイリはブーツをぬぎ、砲身の奥《おく》に押《お》しこんでつめると、確認《かくにん》のためもう一度ねらいをさだめて、導火線《どうかせん》に火をつけました。シュッと走りだした火は、火口から砲身のなかにもぐりこみ、ちょっと間《ま》があったあと、ドカンッ！　と、町じゅうにとどろくすごい音をたてました。かみ、ヒューッと宙《ちゅう》を切って飛《と》んでいったブーツは、銀の隊長《たいちょう》の背中《せなか》にみごと命中しました。

隊長はたおれたのでしょうか、それとも軍服《ぐんぷく》にもうひとつ黒い足跡《あしあと》をつけただけで、戦いつづけているのでしょうか？　硝煙《しょうえん》のせいでよく見えず、イリはクシュンクシュンとくしゃみをしながら、おさまるのを待ちました。

ところが硝煙《しょうえん》が消えてみると、銀のくつをにぎりしめた女の子が、目のまえに立っていたのです。

「コビトノアイ！」と、イリはさけびました。

「いそいで、わたしのくつよ。魔女《まじょ》をねらって！」

「砲身《ほうしん》につめて！　奥《おく》まで押《お》しむんだ」

イリは二回分の火薬を大砲《たいほう》につめると、ふたを閉《し》め、新しい導火線《どうかせん》をつけて着火の準備《じゅんび》をしました。そして「ねらいをさだめて！」と、大声でいいます。

コビトノアイは、砲身にほほをぴったりつけ、イリもならんでそうしました。ふたりは力をあわせて大砲を少し左に、うえに、そのあとほんのちょっと右に動かし、砲身の先が馬車のうえの魔女と一直線になるようにしました。

「これで命中だ、相棒《あいぼう》！」イリがよびかけます。

「発射《はっしゃ》！」と、コビトノアイがさけびます。

イリが導火線に火をつけると、火はシュッとすぐに走りだしました。年寄《としよ》り兵《へい》が、コビトノアイの耳を指でふさいでやったちょうどそのとき、ドッカーン！　と、これまで聞いたことがない

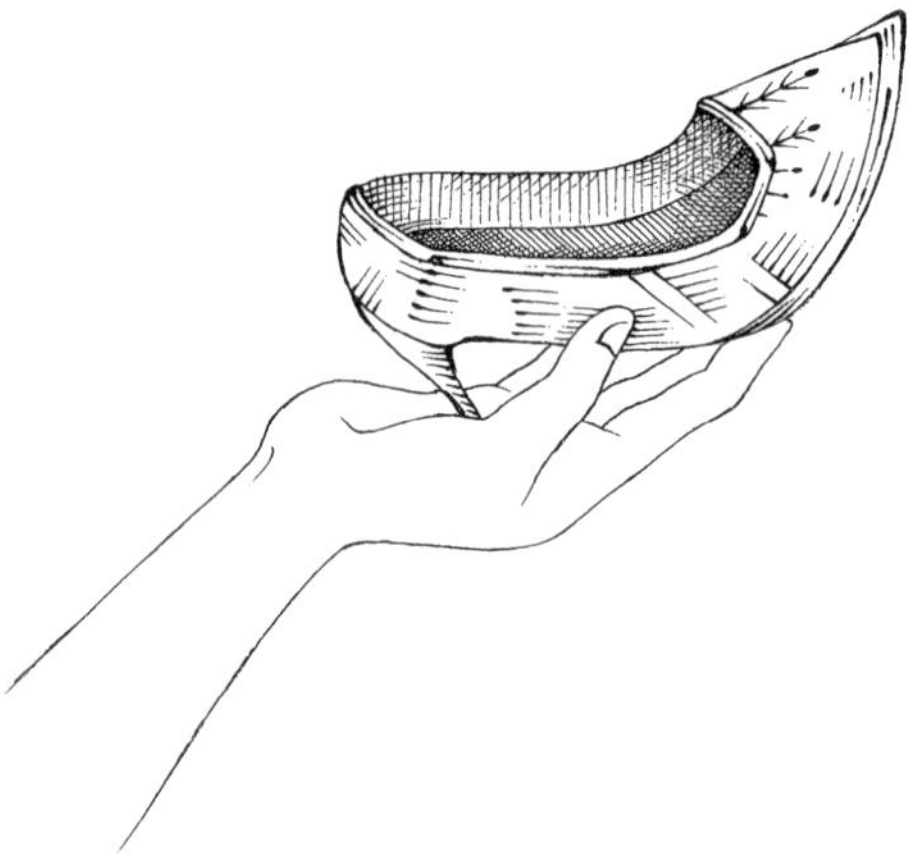

ほどすさまじい音がドールの町にとどろきました。銀のくつは、ヒュ————ッと、家々の屋根を越《こ》えていきます。とんがったつまさきをまえに、鋭《するど》い針《はり》に似《に》たかかとをうしろにして、ぐんぐん飛《と》んでいきます。

イリは硝煙《しょうえん》のせいで、またクシュンクシュンとくしゃみをしました。

「ねらいはたしかだったかい、相棒《あいぼう》よ?」

答えるまえに、ギャアッと、撃《う》たれたタカを思わせるおそろしい悲鳴があがりました。戦場《せんじょう》にいるこっちの軍《ぐん》からは、「おおっ」と喜《よろこ》びのおたけびがあがり、むこうの軍からは、「ああっ」と嘆《なげ》きの声があがりました。

「ねらいはたしかだったな、相棒。イリがいいます。おまえさんも硝煙のにおいがするぞ。さあ、ワインでかんぱいだ」

コビトノアイとイリは、町の反対側《はんたいがわ》にある庭の入口までやってきて、ひどい戦《たたか》いの跡《あと》を目《ま》のあたりにしました。黒い馬車はひっくりかえってこわれ、馬車のまわりの地面には、こなごなになった像《ぞう》が散《ち》らばっています。

もっと先に進み、庭に入ると、ドールの男の人たちがいそがしく動きまわっていました。ケガをした人たちは手あてを受け、死んだ人たちは地面に掘《ほ》った穴《あな》に埋《う》められていました。

「像《ぞう》は、黒い水の深い〝淵《ふち》〟に投げこんだほうがいい。銀の連中《れんちゅう》には、二度と会いたくないもんな。もう二度と」と、声が聞こえます。

「やつらは魔法《まほう》をかけられてたんだ」だれかがいいます。

「魔女の魔法だよ」と、もうひとりがいうと、三人めのだれかがききました。

「そういえば、魔女はどこだ？」

そして人びとは、黒い馬車の下じきになっているシルディスを見つけたのでした。銀のまくらに、頭をのせたかっこうをしていました。死んでしまったシルディスは、ひどく年を取った姿《すがた》になっていて、口には歯が一本もなく、こけたほほは、カサカサの羊皮紙《ようひし》でできているようでした。

「このばあさんが魔女なのかい？」

だれかがそうきいたので、コビトノアイは、かすれた声で「ええ」と答えました。

「いったいだれが、魔女をやっつけたんだ？」

でも、その質問《しつもん》には答えず、コビトノアイは庭へ入っていきました。

「……だが、とつぜん魔女はたおれて、したに落ちた」と、話し声が聞こえてきます。「その瞬《しゅん》間《かん》、銀の兵士《へいし》たちも固《かた》まってしまった。魔法がきかなくなり、みーんな、ただの像《ぞう》にもどったんだよ」

「おれたちと、ちょうどさかさのことが起きたんだな」もうひとりがいいます。

「その話はやめてくれよ」と、三人めのだれかが口をはさみました。

コビトノアイは、さらに歩いていきます。

草はふみつけられ、花壇《かだん》は荒《あ》らされていました。へしおられた木の枝《えだ》、押《お》しつぶされた茂《しげ》み、池の水はにごって見えました。ドールの庭は戦場《せんじょう》に変《か》わってしまったのです。

「……だが、おれたちは勝った」と、大声でさけぶ人がいました。「これから町を新しくきれいにして、この庭も作りなおそう」

「そして、お祝《いわ》いをして騒《さわ》ごう、むかしみたいに」またたれかがいいます。

コビトノアイは、さらに歩いていきました。

もっといくと、まだ美しい庭に出ました。長いあいだ人の入った跡《あと》がなく、野の草がごちゃごちゃと重なりあって生え、土と太陽のにおいがしました。

「あの人は、死んだ人たちのほうにいるんだわ。わざわざ見にいくのはやめよう」

コビトノアイは、小さな原っぱのまんなかで立ち止まりました。そして心のなかでつぶやきました。

「わたしはここにいよう。あの人みたいに一輪《りん》の花になって。しなびて枯《か》れるまで、そうしていよう」自分の足がゆっくり地面のなかにしずんでいくような気がします。もうなにも聞こえず、なにも見えません。

と、そのとき、右の肩《かた》にだれかの手を感じ、コビトノアイは肩をちょっとゆらしていいました。

「やめて！　わたしをそっとしておいて」

けれども、もうかたほうの手が左の肩にもおかれ、コビトノアイの体のむきを変《か》えました。

「やめて、ヤリック。やめて、イリ。やめてちょうだい、フロップ。もう、そっとしておいて」

コビトノアイはさけびました。

でもだれかの手は、コビトノアイの肩をしっかりつかんだまま、はなそうとしません。

コビトノアイは、閉《と》じていた目をようやく開けました。

そしてそのとき、ふたりの目のなかの火花がぱちぱちと散《ち》り、おたがいに燃《も》え移《うつ》ったのでした。

「ノジャナイ」と、コビトノアイは小声でいいます。

「ぼくのノモノ」と、その人はやさしくいいました。「きみは硝煙《しょうえん》のにおいがするよ」

「ノジャナイは土のにおいがするわ」

ノモノはそういい、たまらないほど、ノジャナイを愛《いと》しく感じました。

第二十章　最後《さいご》の渡《わた》し

真っ黒な水をわたる方法《ほうほう》は、ただひとつ、小人のこぐ葦《あし》の小舟《こぶね》に乗っていくしかありません。

「渡《わた》し代は、おれのおでこにキスをひとつだ」小人はにやっと笑《わら》っていいました。

おでこは、ほとんど見えません。背中《せなか》にこぶのある小人は、まるでおろすことのできない重い袋《ふくろ》をせおっているように、まえかがみのかっこうをしているからです。

「わかった」と、年を取った男は静《しず》かに答えました。

小人はくるりと背をむけ、ひょこひょこと岸のほうへ歩いていきます。

「乗れ」

男のくつには、穴《あな》がいくつも開いていています。ため息をつきながら、男がなかにすわろうとすると、葦を編《あ》んで作った小舟はギシッときしみました。

「うしろにいけ！」小人はどなります。そして長いさおをにぎり、まんなかにとびのって、小舟《こぶね》をぐっと押《お》しだしました。

小人はゆっくりと一歩ずつ歩きながら、前からうしろ、前からうしろとさおを動かし、こぎはじめました。葦《あし》の小舟は小人の足のしたできしみ、小人が通るたび、ブーツがひざにあたるのを感じて、年寄《としよ》りの男は思わず顔をそむけました。

水はいっそう深くなり、小人はさおをさすたびに、さらに深く体をたおし、さおが水底《みなぞこ》にとどくようにしました。七回こぐと、小人の顔は、すわっている男のそばまで近づきました。小人は最後《さいご》に一歩ふみだしながら、思いきり身をかがめてさおに力をかけたので、ざらざらした小人の鼻が、年寄りのあごにくっつきそうになりました。

「へ、へ、へ」小人は、歯をむきだして笑《わら》います。「もうすぐキスだ。まず、この〝淵《ふち》〟を越《こ》えてからな」

男は問《と》いかけるように、小人を見つめました。

「このあたりでは、舟をこげないんだ。深すぎてな。おまえがここで水に落っこちたら、底《そこ》まで三時間はしずんでいき、銀の連中《れんちゅう》のところにつくだろう」

年寄りの男はびくっとして、「銀の？」と、ふるえる声でたずねました。

「どれもただの像《ぞう》だった。町の戦《たたか》いでこなごなにくだけちまった。おれもその場にいたが、逃《に》げ

だした。ぺっ！」小人はそういって、水につばを吐《は》きました。「ああ、引きつける流れがきた！　これであとは、ひとりでに進んでくれる」

　そしてまた、にやっと笑《わら》ったのです。「じいさんもずいぶん長く歩いてきたみたいだな、そのくつで」

　年寄《としよ》りの男は足もとを見ましたが、べつのことに気がつきました。葦《あし》の小舟《こぶね》に穴《あな》がひとつ開《あ》いていて、そこから水が流れこんでいたのです。

「たいへんだ！」と、男は声をはりあげました。

「ああ、なんでもないさ」と、小人はいいました。「水はおまえに興味《きょうみ》があるだけさ。おまえの右足をそこにおけ。くつの穴《あな》が、舟《ふね》の穴をふさいでくれる」

男が水のもれる穴にくつを押《お》しつけると、小舟はそのままゆらゆらと進んでいきました。そのあと、小人はまたさおを使ってこぎはじめ、押《お》したり、はあはあ息をきらしたりしながら、小舟のなかを行ったり来たりしました。男のほうへ三度目にきたとき、ブーツのかかとのせいで、葦の底《そこ》にもうひとつ、穴が開《あ》きました。

「おまえの左足でふさげ」と、小人は命令《めいれい》します。

新しい穴をふさぐには、足を開いて立たなければいけません。水は、小舟のなかにどんどん流れこんできます。

小人は鼻歌をうたいだし、ときおりこんな歌詞《かし》もまじりました。

黒い水の　うえを
いったり　きたりしてなあ
そして　そのたんび　水のうえに
もひとつ　ふえていってなあ

「もうそろそろなのか？」男はききました。

「ひざでふさげ！　また水もれだ、そこだよ！」と、小人はどなります。

男は、ひざをつきました。真っ黒な水は針《はり》のように両手をチクチクとさし、しかも小人がくるたびに、いやなにおいのブーツがほほをこすっていくのです。

「歌をひとつ、うたってくれ。そしたら、いい気分で舟《ふね》がこげる」

そういわれても、老人《ろうじん》はだまったままです。小人は強い口調《くちょう》でいいました。

「そら早く。おまえだって、歌のひとつぐらい知ってるだろ？」

男は、手もひざも使って葦《あし》の小舟にはらばいになったまま、せきばらいをすると、ひびわれた声をふるわせ、こんな歌をうたいはじめました。

日曜日に　女が　やってきて
月曜日に　女は　つかまえ
火曜日に　女は　奪《うば》った
水曜日に　だまって
木曜日に　ため息
金曜日に　女は　逃《に》げだした
土曜日には……

そこで声はとぎれました。小人がまたブーツのかかとで底《そこ》をふみぬき、大きな穴《あな》から、水が一気に流れこんできたのです。

けれども小舟《こぶね》はしずみませんでした。しずむ直前に、ちょうどむこう岸につき、小人はひょいととびおりて、「ついたぞ」といいました。

「で、土曜日には、どうなったんだ？」

けれども年寄《としよ》りの男はなにも答えず、水をポタポタとしたたらせて、岸にはいあがりました。

「じゃあ、渡《わた》し代をもらうぞ」

小人はそういって、のろのろと頭をあげると、男の肩《かた》をぐっとつかみました。

「まんなかにしてくれ、みんなによく見えるように」

男は体をかがめ、ほんの少しためらったあと、自分のくちびるを小人のしわだらけのおでこに押《お》しつけました。ちくっと痛《いた》いキスでした。

小人はにやにや笑《わら》いをうかべて、体をはなしました。

「きれいに跡《あと》がついたか？」

小人がたずねると、男はだまったままうなずきました。

「よし。これでおれにも、町に入る通行証《つうこうしょう》ができたわけだ。だから、やっとあの方《かた》の墓参《はかまい》りにい

けるんだ」と、小人はいいます

「なんと？」

「ああ。町の連中《れんちゅう》も、あの方《かた》の体は水にほうりこまなかった。古い塔《とう》の地下室に埋《う》めたのさ。みんながいうには、町を作ったのはなんといってもあの方だし、むかしは女王だったからと……」

「あの方とは？」と、年寄《としよ》りの男はさらにたずねます。

「ほーう！」と小人は、感じの悪い声を出しました。「おまえはなんにも知らないんだな！　あの方とはオディシア、いや、魔女《まじょ》のシルディスのことだよ。ものすごい美人だったぜ。おれはな、あの方《かた》の墓《はか》を守り、あの方を思って泣《な》くんだ。なにしろ、おれの女主人だったんだからな」

男の表情《ひょうじょう》がこわばりました。男は、小人と同じぐらい悲しそうに見えましたが、小人はそのことに気がつきません。年取った男は背中《せなか》をむけ、ゆっくりと町のほうへ歩いていったからです。男を迎《むか》えるように、町には小さな明かりがきらめいていました。

小人はくるりとむきを変《か》えると、葦《あし》の小舟《こぶね》がばらばらになるまでふみつけました。そして、「渡《わた》し守《もり》も、これで最後《さいご》だ」と、つぶやきました。月明かりに照《て》らされた小人のひたいが、きらきらしています。ひたいにはさっきのキスがきざまれ、銀色の跡《あと》となっていたのです。

ケーキが部屋《へや》に運ばれてくると、はなやいだ歓声《かんせい》があがりました。ケーキを焼《や》いた年寄《としよ》りのお手伝《てつだ》いさんと、それを持ってきた男の召使《めしつか》いが、手をつないでテーブルのまわりを三回くるくるとまわり、みんなも元気よく立ちあがって踊《おど》りの列を作りました。リュートをかかえたヤリックが先頭で、手を取りあったヨーヨーとアカユビワがつづきます。新しいブーツをはいた年寄《としよ》り兵《へい》のイリが、そのうしろで足をドンドンとふみ鳴らし、ディルさんも踊り、目の見えない魔法使《まほうつか》いアリャススは、ムフに手を引かれてとびはねていました。そして、エイプセは、チョウの羽で作ったドレスをひるがえし、若者《わかもの》たちみんなに手あたりしだい、キスをしていました。

コビトノアイと庭師《にわし》の男の子だけが、席《せき》にすわっています。ふたりは、おたがいに見つめあうばかりです。

「ノジャナイ。それとも今の名前は、キミノモノ、、ノダヨのノダヨかしら？」

コビトノアイはそういって、くすくす笑《わら》いました。

「ぼくのノモノ。ぼくらには名前がたくさんありすぎた。ふたりで、これまでとはちがう、新しい名前を考えようよ」

でも、どんな名前になったのか、わたしたちにはわかりません。そのとき、ヤリックがエイプセの腕《うで》を取り、うきうきとダンスを踊《おど》りはじめたからです。ヤリックはエイプセをケーキのまえまで連《つ》れていき、リュートを手にしてうたいました。

さあ　いかがです　お嬢《じょう》さま
あなたと　ぼくの
ふたありで
なかよく　クリーム　なめたなら！

けれども、ふたりが体をかがめて、ほんとうにひとくちなめようとしたとき、年寄《としよ》りのお手伝《てつだ》いさんがさっと立ちあがり、ふたりのおしりをフライパンで、パンパンッ！　とたたきました。

「やった！　やったあ、ふきん夫人《ふじん》！」

みんなはそうはやしたて、おまつり騒《さわ》ぎは、ますます盛《も》りあがりました。全員が声をそろえて、ヤリックが作った歌をぜんぶうたっています。カエルとヨシキリの歌、オシッコムシとウンコムシの歌、しゃっく

りガエルの歌、そして……。

そのとき、トントンと、ドアをたたく音がしました。

召使《めしつか》いが、ケーキをテーブルにおいてドアを開けにいきます。

ドアのまえに立っていたのは、年を取った男でした。服のそではびしょぬれ、くつもぬれていて、しかも穴《あな》だらけです。長い道のりを、はるばるやってきたからです。

「小人がこっち側《がわ》にわたしてくれたのかい？」と、だれかがききます。

老人《ろうじん》はうなずき、静《しず》かな声でいいました。

「わたしは小人に、銀の通行証《つうこうしょう》を与《あた》えてやった。あの女の墓《はか》にいかせてやったのだよ。小人はそこで墓を守りたいのだそうだ」

そういったあと、老人はパーティーの客たちに目をやり、だれかをさがしているようでした。

コビトノアイが、はっと顔をあげました。

「お父さま」と、かすれた声でいいます。「お久《ひさ》しぶり、大好《だいす》きなお父さま……」

ふたつの銀の物語――訳者《やくしゃ》あとがきにかえて

秘密《ひみつ》のペンダントをさげた女の子が、渡《わた》し守《もり》の小人に出合い、黒い水のむこうに渡ろうとする場面で『ドールの庭』は始まります。わたしたちも謎《なぞ》めいたドールの世界へ、不安な気持ちのまま誘《さそ》いこまれます。主人公の女の子と同じように。

ようやくたどり着いたこのドールの都は、呪《のろ》われた暗い町でした。庭もなく、植物はすべて枯《か》れはてていました。町の人たちもほとんどみな石像《せきぞう》に変《か》えられています。女の子は、それでも門番のイリや、ヨーヨー、エイプセ、アリャスス、こわがりやのムフなど、何人かの住人と話をすることができました。そしてむかし、ここはドールオディシアと呼《よ》ばれるにぎやかな町だったこと、ところがあるとき魔女《まじょ》の率《ひき》いる銀の軍隊《ぐんたい》に襲《おそ》われ、春が訪《おとず》れることのない、生気《せいき》を失《うしな》った石の町に変わってしまったことを知ります。

いっぽう、その女の子を知っているらしい吟遊《ぎんゆう》詩人ヤリックも、ドールにやってきました。そのヤリックが小人や町の住人に語る話から、女の子の生《お》い立ちがだんだん明らかになります。

女の子はむかし、ある国のお姫《ひめ》さまでした。お城《しろ》の大きな庭で、庭師《にわし》の男の子といつも遊んでいました。ところが初恋《はつこい》の相手だったその男の子が、魔女《まじょ》シルディスによって、ある日、一本の不思議《ふしぎ》な花に変《か》えられてしまいます。女の子は花の種《たね》を守るため、ひとり放浪《ほうろう》の旅に出ました。やがて、「ドールの庭」にあの種をまけば、花は男の子の姿《すがた》にもどるだろうと聞き、はるばるここまでやってきたのです。

「ドールの庭」が、この町のどこかに今もかくされていることまではわかったものの、女の子は次第《しだい》に気力《きりょく》を失《うしな》い、絶望《ぜつぼう》と戦《たたか》いながら庭を求《もと》めてドールをさまよい歩きます。そしてついにあきらめかけたとき、奇跡《きせき》が起こるのです……。

ドール（*Dorr*）とは、オランダ語の ***dorren***（しおれる・枯《か》れるという意味の動詞《どうし》）や ***dor***（乾《かわ》いた・荒《あ》れはてたという意味の形容詞《けいようし》）から作られた造語《ぞうご》です。一九六九年に発表された『ドールの庭』は、翌年《よくねん》、アムステルダムの子ども審査《しんさ》団《だん》賞を受け、一九七三年には英語《えいご》版《ばん》、七五年にはドイツ語版も出版されました。世代を越《こ》えて読み継《つ》がれていることは、おととし発行された小冊子《しょうさっし》『十冊《さつ》のオランダ児童古典《じどうこてん》』（作成・オランダ文学制作翻訳《せいさくほんやく》基金《きん》）に取りあげられていることをみても明らかです。

作家パウル・ビーヘルは一九二五年、オランダのブッサムに、九人兄弟の末っ子として生まれ、大きな庭に囲《かこ》まれた郊外《こうがい》の家に育ちました。物語に登場するムフのように、夜、ひとりでベッドに入るのがこわくてたまらず、学校嫌《ぎら》いだったそうです。また、自然《しぜん》のなかで虫や小動物と遊ぶのが大好《だいす》きだったという横顔は、ノモノとノジャナイが庭で遊ぶ三章の場面にもよくあらわれています。

「ビーヘルの文学世界は、いつもおとぎ話に根ざしている」と、オランダの文芸評論家《ぶんげいひょうろんか》たちは口をそろえていいます。お姫《ひめ》さまや王さまをはじめ、小人や魔女《まじょ》、巨人《きょじん》などが登場し、虫やヒキガエルなどの小動物も好《この》んで使われます。〝善《ぜん》〟と〝悪《あく》〟の戦《たたか》いについて揺《ゆ》るぎなく語り、戦いの舞台《ぶたい》は、荒《あ》れはてた森やくずれた城《しろ》、そして今回のようにかくされていた庭だったりします。ビーヘルは八歳《さい》ごろからグリム童話《どうわ》に夢中《むちゅう》だったそうです。「暖炉《だんろ》の燃《も》える祖父《そふ》の部屋《へや》で、わたしは暖炉の横のいすに、グリムをひざにのせてすわっていた」と、一九九六年〜九七年に催《もよお》されたパウル・ビーヘル展《てん》のカタログのなかで語っています。ちなみにビーヘルの祖父は、十九世紀にオランダに移住《いじゅう》しましたが、もともとはグリム童話のふるさと・ドイツの出身なのだそうです。

この物語で数字が意味を持つのも、グリムやおとぎ話の影響《えいきょう》なのでしょう。たとえば、西洋では不吉《ふきつ》な数字とされる〝十三〟ポンドの火薬をつめて、門番イリは銀の軍隊《ぐんたい》に大砲《たいほう》を撃《う》ち放《はな》ちます（オランダの一ポンドは五百グラムに当たります）。いっぽう幸運をあらわす〝七〟も各所で使われ、奇跡《きせき》が起きたのは七回目の夏、ヤリックの奏《かな》でるリュートの弦《げん》の数も七本です。ディルさんのホテルに種《たね》を埋《う》めたあと女の子が流した涙《なみだ》は〝六〟粒《つぶ》。これは涙の数と種の数を合計して幸運の〝七〟になるよう、作家が仕掛《しか》けたのかもしれません。

グリムにくわえ、この作品はギリシャ神話《しんわ》も思わせます。なかでも、死んだ妻《つま》を取りもどそうと竪《たて》琴《ごと》を持って黒い川を渡《わた》り、死の国へいったオルフェウスの話にどこか似《に》ています。とはいえ、『ドールの庭』は決して焼《や》き直しではなく、全体の構成《こうせい》を見ても、ひとりひとりの登場人物を見てもたいへんよく練《ね》りあげられ、独自《どくじ》の輝《かがや》きを放《はな》っていることはたしかです。

金の石筆賞《せきひつ》を受けた『夜物語』（邦訳《ほうやく》は徳間《とくま》書店刊《かん》）をはじめ、「枠物語《わく》」の名手として知られるビーヘルは、ここでもその構成を取り入れました。現在進行形《げんざい》の物語の「枠」のなかに過去《かこ》の物語が一話ずつ盛《も》りこまれ、ドールをさまよう女の子やヤリックと同じように、読者も物語をさまようのです。読み進むうち、ドールの歴史《れきし》と、女の子がさがし求《もと》める庭の謎《なぞ》が次第《しだい》に明らかになってきます。そして最後《さいご》の戦《たたか》いの場面で、枠はこわれ、現在と過去がひとつになります。

一九六〇年代、ビーヘルは子どものための読み物を何誌《し》かに連載《れんさい》していました。そちらはエンタテイメントを意図《いと》して書かれた作品でしたが、同じ時期になんの意図もなく、自由な時間に自分の楽しみとして書いていたのが『ドールの庭』でした。作家によれば、この『ドールの庭』のような作品は、「友情《ゆうじょう》、愛《あい》、孤独《こどく》、不安、嫉妬《しっと》、死、戦いといった重要《じゅうよう》なテーマを含《ふく》んでいるが、それらは少しかくされている。読者はまず、語りやたくさんの謎、予期せぬできごとや不思議《ふしぎ》な登場人物に出合う。そしてかならずといっていいほど、テーマは〝なにかをさがす旅〟なのだ」そうです。

「語り手も次々と変《か》われば、女の子の呼《よ》び名も「お姫《ひめ》さま」「ぼくのノモノ」「コビトノアイ」「アノコノナ」と変わります。メインストーリーのまわりに〝鏡《かがみ》〟をたくさん置《お》いてある構成は、ながめが刻々《こっこく》と変わる万華鏡《まんげきょう》を思わせます。クライマックスを迎《むか》える十八章まで、章ごとに女の子とヤリックが交代に登場する構成《こうせい》は、輪唱《りんしょう》のようです。

エンタテイメントの書き手としてのビーヘルも、ところどころ顔をのぞかせています。たとえば十一章、巨人《きょじん》のいたずら書きのエピソード。また作中歌もなかなか効果的《こうかてき》で、特《とく》に吟遊《ぎんゆう》詩人ヤリックの歌のいくつかは笑《わら》いを誘《さそ》います。戯《ざ》れ歌のひとつ、「ウンコムシ」と「オシッコムシ」の歌は、オランダ語では「ダンゴムシ」と「ゴキブリ」になっていたのですが、ただ訳《やく》しただけではつじつまもあわず愉快《ゆかい》な感じも出なかったため、作家に相談《そうだん》したうえ、原語の言葉遊びを生かして意訳しました。

「愛《あい》を信《しん》じる者＝女の子＝善《ぜん》」と「愛を憎《にく》む者＝魔女《まじょ》＝悪《あく》」が、この物語を動かすふたつの原動力です。けれども愛と憎しみが同じ根っこを持つことも示《しめ》されています。魔女の好《この》む「銀」を、女の子も、くつやペンダントとして身につけているからです。女の子は、同じところで生まれた銀がそれぞれ別《べつ》の道をたどってしまった、と答えています。『ドールの庭』は、満《み》たされた愛と満たされなかった愛、両方の物語でもあり、そうした要素《ようそ》が作品を重層的《じゅうそうてき》なものにしているのでしょう。ヤリックが女の子を愛する気持ちは決して実《みの》らず、魔女シルディスにも同情《どうじょう》すべき点があるように思えます。最終章《さいしゅう》を見ると、魔女に欺《あざむ》かれていた王さま、その魔女に仕《つか》えていた小人も、なんらかの形で彼女《かのじょ》に心を寄《よ》せていたことがわかります。

初版《しょはん》から三十五年以上《いじょう》を経《へ》て、日本で翻訳出版《ほんやくしゅっぱん》されるにあたり、パウル・ビーヘル氏《し》から「五十点以上ある自作のなかで、もっとも成功《せいこう》した作品のひとつが日本で出ることに深い喜《よろこ》びを感じています」とメッセージが届《とど》きました。わたしがこの作品に出合えたのも、十年前に「いちばん愛着《あいちゃく》のある作品」と作家自身から聞いたのがきっかけです。長年、胸に温めていた"種"がようやく日を浴び、思いつづけることの大切さを感じています。チャンスをくださった赤星絵理さん、オランダ語の面で助けていただいたヒルデ・ドゥミンさん、質感《しつかん》のある絵を描《か》いてくださった丸山幸子さん、そして早川書房《しょぼう》の方々に、この場を借《か》りて心よりお礼申しあげます。

二〇〇五年三月
パウル・ビーヘル氏《し》の誕生日《たんじょうび》に

The publisher gratefully acknowleges the financial support from the Foundation for the Production and Translation of Dutch Literature.
（この作品は、オランダ文学制作翻訳基金の助成金を受けて出版されました。）

早川書房の児童書〈ハリネズミの本箱〉
ドールの庭《にわ》

二〇〇五年四月 十 日 初版印刷
二〇〇五年四月十五日 初版発行
著 者 パウル・ビーヘル
訳 者 野坂悦子《のざかえつこ》
発行者 早川 浩
発行所 株式会社早川書房
東京都千代田区神田多町二ノ二
電話 〇三‐三二五二‐三一一一（大代表）
振替 〇〇一六〇‐三‐四七七九九
http://www.hayakawa-online.co.jp
印刷所 株式会社精興社
製本所 大口製本印刷株式会社

Printed and bound in Japan
ISBN4-15-250031-X C8097

早川書房の児童書〈ハリネズミの本箱〉

星の歌を聞きながら

ティム・ボウラー
入江真佐子訳／伊勢英子絵
46判上製

星に導《みちび》かれ悲しみから立ちあがる少年

父の死以来、ルークは心を閉《と》ざしていた。すばらしいピアノの腕《うで》を持ちながら、不良とつるんでばかり。だが忍《しの》びこんだ屋敷《やしき》で、幼《おさな》い少女との不思議《ふしぎ》な出会いがルークを待ち受けていた……『川の少年』の著者《ちょしゃ》による感動の物語

早川書房の児童書〈ハリネズミの本箱〉

おはなしは気《き》球《きゅう》にのって

ラインハルト・ユング
若松宣子訳
46判上製

世界を旅《たび》するおはなしたち

ひっそりとくらす作家《さっか》のバンベルトが十一のおはなしを小さな気球《ききゅう》につけて飛《と》ばしました。楽しいおはなし、こわいおはなし、ふしぎなおはなし。どれも心をこめて書いたものです。やがてひろった人たちから返事《へんじ》がきました！

早川書房の児童書〈ハリネズミの本箱〉

秘密《ひみつ》が見える目の少女

リーネ・コーバベル
木村由利子訳
46判上製

ふしぎな目を持つ少女の冒険《ぼうけん》

あたしはディナ、10才。目を見るだけで相手の秘密がわかってしまう〝恥《はじ》あらわし〟という力を母《かあ》さんから受けついでいる。その母さんがおそろしい事《じ》件《けん》に巻《ま》きこまれたと知り、あたしは自分の力を武器《ぶき》に助けだす決意《けつい》をした！

早川書房の児童書〈ハリネズミの本箱〉

サマーランドの冒険《ぼうけん》（上・下）

マイケル・シェイボン
奥村章子訳
46判上製

飛行船《ひこうせん》で四つの世界をかけめぐる

気《き》弱《よわ》な少年イーサンは、野球の試合《しあい》でエラーばかりしている。ところがある日、野球好きの妖精《ようせい》が現《あら》われ、彼《かれ》こそが滅《ほろ》びゆく世界の救世主《きゅうせいしゅ》だという。それが不思議《ふしぎ》な旅《たび》のはじまりだった。ピユリッツァー賞作家が贈《おく》る初の児童書

早川書房の児童書〈ハリネズミの本箱〉

ルビーの谷

シャロン・クリーチ
赤尾秀子訳
46判上製

ルビーの谷にあるたいせつなもの

ダラスとフロリダはふたごの孤児《こじ》。心ない大人《おとな》たちのせいでひねくれてしまっている。夏休みの間、美しいルビーの谷に住む老夫婦《ろうふうふ》に引き取られるが、問題を起こしてばかりで……ユーモアと感動がつまったカーネギー賞受賞作